Nikolai Leskow, geboren am 4. (16.) Februar 1831 im Dorf Gorochowo, Gouvernement Orjol, ist am 21. Februar (5. März) in St. Petersburg gestorben.

Die vielen Berufe, die Leskow ausgeübt hatte, bevor er als Dreißigjähriger schriftstellerisch tätig wurde, bereicherten seine realistische Schreibweise, da er wie kein anderer russischer Schriftsteller zuvor die Menschen aller Schichten studiert und Elend und Glanz Rußlands in der 2. Hälfte des 19. Jahrhunderts kennengelernt hatte. Doch wollte er die zeitgenössische Realität nicht nur beschreiben, auch zur moralischen Besinnung und sittlichen Umkehr auffordern. Er schildert in seinen Romanen, Erzählungen und Legenden die in ihrer Existenz gefährdeten Menschen, die sittlich verwahrlost ins gesellschaftliche Abseits geraten, die wegen ihrer Glaubensinhalte aus dem Gesellschaftsverband herausgedrängt werden, und diejenigen, die bewußt in die Oppositon zur Kirche und zum Staat treten.

Seine gesellschafts- und kirchenkritische Haltung fand weder Anklang in der radikalen Presse seiner Zeit noch Wohlwollen bei dem Publikum, was Leskow zu sagen veranlaßte: »Mag es sich durch meine Erzählungen an der Kehle gepackt fühlen, wenn es sie nur liest.«

insel taschenbuch 1128
Leskow
Weihnachtsgeschichten

Nikolai Leskow
Weihnachts-geschichten

Herausgegeben von
Angela Martini-Wonde
Insel Verlag

insel taschenbuch 1128
Erste Auflage 1988

Hinweise zu dieser Ausgabe am Schluß des Bandes
Vertrieb durch den Suhrkamp Taschenbuch Verlag
Umschlag nach Entwürfen von Willy Fleckhaus
Satz: Fotosatz Otto Gutfreund, Darmstadt
Druck: Nomos Verlagsgesellschaft, Baden-Baden
Printed in Germany

1 2 3 4 5 6 – 93 92 91 90 89 88

Inhalt

Das Tier

»Auch die Tiere vernahmen das heilige Wort«

Das Leben des heiligen Vaters Sserafim

Mein Vater war ein zu seiner Zeit sehr bekannter Untersuchungsrichter. Viele wichtige Straffälle wurden ihm anvertraut, so daß er häufig auf Reisen war und Mutter, mich und die Dienstboten allein zu Hause ließ.

Meine Mutter war damals noch sehr jung, und ich ein kleiner Knabe.

Als die Geschichte, von der ich jetzt erzählen will, passierte, war ich erst fünf Jahre alt.

Winter war es, und zwar ein sehr harter Winter. Die Kälte war so streng, daß die Schafe nachts in den Ställen erfroren und Sperlinge und Dohlen erstarrt auf die hartgefrorene Erde herabfielen. Mein Vater befand sich damals in Amtsgeschäften in Jelez und konnte es nicht einmal ermöglichen, zum Weihnachtstage nach Hause zu kommen, so beschloß denn meine Mutter, zu ihm hinzufahren, damit er an diesem schönen und fröhlichen Festtag nicht einsam sei. Der entsetzlichen Kälte wegen nahm Mutter mich nicht auf die lange Reise mit, sondern ließ mich bei ihrer Schwester, meiner Tante, zurück, die die Frau eines Gutsbesitzers aus dem Orlowschen war, über den die Leute nicht gerade gut sprachen. Er war sehr reich, alt und hartherzig. Bosheit und Unerbittlichkeit waren die hervorstechendsten Züge seines Charakters, aber das bedrückte ihn nicht im geringsten, im Gegenteil, er prahlte sogar mit diesen Eigenschaften, die seiner Meinung nach ein Ausdruck männlicher Kraft und unbeugsamer Seelenstärke waren.

Und darum versuchte er auch, seine Kinder, unter denen ein Knabe in meinem Alter war, zu der gleichen Männlichkeit und Standhaftigkeit zu erziehen.

Alle fürchteten den Onkel, ich aber fürchtete ihn noch mehr als die anderen, da er auch in mir ›Männlichkeit entwickeln‹ wollte; ich war erst drei Jahre alt, als er mich einmal, während eines furchtbaren Gewitters, vor dem ich große Angst hatte, auf den Balkon sperrte, dessen Türe er verschloß; mit dieser Lehre wollte er mir die Furcht vor dem Gewitter abgewöhnen.

Es ist begreiflich, daß ich in seinem Hause nur ungern und voller Scheu zu Gast weilte, aber ich wiederhole, ich war damals erst fünf Jahre alt, und meinen Wünschen wurde vor dem Zwang so gewichtiger Umstände, wie sie für meine Eltern vorlagen, nicht Rechnung getragen.

Auf dem Gut meines Onkels befand sich ein mächtiges steinernes Gebäude, das fast einem Schloß glich. Es war ein anspruchsvoller, aber unschöner, ja sogar häßlicher Bau mit zwei Stockwerken, einer runden Kuppel und einem Turm, von dem man allerhand Schreckliches zu erzählen wußte. Dort hatte einst der wahnsinnige Vater des jetzigen Gutsherrn gelebt, nach seinem Tode aber waren jene Zimmer als Apotheke eingerichtet worden. Auch dieser Umstand wirkte aus irgendeinem Grunde grauenerregend und unheimlich; das Unheimlichste jedoch war, daß oben im Turm über eine runde Fensteröffnung Saiten gespannt waren, so daß sich nun da in der Höhe eine richtige ›Äolsharfe‹ befand. Wenn der Wind durch die Saiten dieses eigenwilligen Instrumentes strich, gab es ebenso unerwartete wie seltsame Töne von sich, die von einem leisen, tiefen Grollen zu unruhigem, unharmonischem Stöhnen übergingen und sich oft in einen rasenden Lärm auflösten, als flögen ganze Scharen von Furcht gehetzter besessener Geister dort vorüber. Niemand im Hause liebte diese Harfe, denn man dachte, sie spräche zu dem gestrengen Hausherrn, dieser aber wage nicht, ihr zu antworten, und werde daher immer unbarmherziger, immer noch grausamer... Denn man hatte schon häufig die Beobachtung gemacht, daß, wenn nachts ein Sturm losbrach und die Harfe so laut tönte, daß ihre Klänge über Park und Teiche bis zum Dorf hinüberflogen, der Herr keinen Schlaf fand, morgens finster und streng aufstand und sogleich einen seiner grausamen Befehle erteilte, der die Herzen seiner zahlreichen Sklaven erbeben machte.

Es gehörte zu den Gewohnheiten seines Hauses, daß keinem jemals eine Schuld verziehen wurde. Dies war ein Gesetz, das niemals abgeändert wurde, weder zugunsten eines Menschen noch eines Tieres, noch irgendeines andern Geschöpfes. Onkel wollte von Barmherzigkeit nichts wissen und schätzte sie nicht, da er sie für Schwäche hielt. Unbeugsame Strenge galt ihm höher als jede Nachsicht. Und darum herrschte sowohl im Hause wie auch in den ausgedehnten Dörfern, die diesem reichen Gutsherrn gehörten, ständig freudlose Niedergeschlagenheit, die von den Menschen nach und nach auch auf die Tiere übergegangen war.

3

Mein verstorbener Onkel war ein leidenschaftlicher Liebhaber der Hetzjagd mit Hunden. Mit seinen Windhunden, die er zu diesem Zwecke hielt, jagte er Wölfe, Hasen und Füchse. Außerdem besaß er in seiner Meute noch eine besondere Art von Hunden, die sogar Bären angingen. Diese Hunde wurden ›Blutegel‹ genannt. Denn sie verbissen sich so in das Tier, daß man sie nicht mehr losreißen konnte.

Es kam vor, daß ein Bär einen ›Blutegel‹, der sich in ihn verbissen hatte, mit einem Schlag seiner furchtbaren Tatze tötete oder in Stücke riß, aber auch dann kam es niemals vor, daß der ›Blutegel‹ lebend von seinem Gegner abließ.

Heute, da man nur noch Treibjagden veranstaltet oder den Bären mit dem Spieß jagt, scheint die Rasse der Blutegelhunde in Rußland ganz ausgestorben zu sein; zu der Zeit aber, von der ich erzähle, fehlten sie bei keiner gut zusammengestellten Jagdkoppel. Damals waren freilich auch die Bären in unserer Gegend noch sehr zahlreich, und eine Bärenjagd galt als großes Vergnügen.

Wenn es gelang, ein ganzes Bärennest auszuheben, so nahm man die Bärenjungen aus der Höhle und brachte sie nach Hause. Hier wurden sie meistens in einem geräumigen Steingelaß gehalten, das kleine, unmittelbar unter dem Dach liegende Fenster hatte. Diese Fenster waren ohne Glas und nur mit starken Eisengittern versehen. Es kam gelegentlich vor, daß die Bärenjungen aufeinanderkrabbelten und sich mit ihren kräftigen Krallen an die Eisenstäbe hängten. Nur so konnten sie aus ihrem Kerker in Gottes freie Welt hinausblicken.

Wenn man uns vor dem Essen spazierenführte, gingen wir am liebsten zu diesem Gelaß, um die hinter dem Gitter hervorlugenden drolligen Schnäuzchen der kleinen Bären zu betrachten. Unser deutscher Lehrer Kolberg verstand es nämlich, ihnen Brotreste, die wir uns zu diesem Zweck vom Frühstück absparten, auf der Spitze seines Stockes hinzureichen.

Diese Bären zu beaufsichtigen und zu füttern war das Amt eines jungen Hundewärters, namens Ferapont; weil es aber dem einfachen Volk schwerfiel, diesen Namen auszusprechen, nannte es ihn einfach ›Chrapon‹ und am häufigsten ›Chraposchka‹. Ich kann mich noch gut an ihn erinnern: Chraposchka war ein mittelgroßer, sehr gewandter, kräftiger und kühner Bursche von etwa fünfundzwanzig Jahren. Man hielt ihn für einen hübschen Kerl – mit seinem weißen Gesicht und den rosigen Wangen, seinen schwarzen Lokken und den schwarzen, großen, etwas hervorstehenden Augen konnte er wohl auch dafür gelten. Zudem war er außerordentlich kühn. Seine Schwester Annuschka, die die Kinderfrau bei ihren Arbeiten unterstützte, erzählte uns sehr unterhaltende Dinge von seiner Verwegenheit und Waghalsigkeit und von seiner ungewöhnlichen Freundschaft mit den Bären, in deren Zwinger er im Sommer und Winter schlief, wobei sie ihn von allen Seiten zu umringen pflegten und ihre Köpfe auf ihn wie auf ein Kissen legten.

Vor dem Hause des Onkels lag ein großes und rundes Blumenbeet, das von einem bemalten Gitter eingefaßt war, dahinter erhob sich ein breites Tor, und diesem Tor gegenüber war ein hoher, gerader und geglätteter Baumstamm inmitten eines Rasendammes eingegraben, den man den ›Mastbaum‹ nannte. Diesen Mast krönte ein kleines Holzgerüst, das allgemein ›die Laube‹ hieß.

Aus der Schar der gefangenen jungen Bären wurde immer der ›klügste‹ herausgesucht, nämlich der, der seinem Charakter nach der gelehrigste und zuverlässigste schien. Dieser wurde von seinen Gefährten getrennt und durfte in Freiheit leben, das heißt, er konnte in Hof und Park frei umherschlendern; doch war es in der Hauptsache seine Aufgabe, am ›Mastbaum‹ vor dem Tore Wache zu stehen. Dort verbrachte denn auch der Auserwählte den größten Teil seiner Zeit, wobei er entweder auf einem Strohlager am Fuße des Mastes lag oder hinauf zu der ›Laube‹ kletterte, wo er am liebsten saß und schlief, da ihn dort weder zudringliche Menschen noch Hunde plagen oder necken konnten.

Ein Leben in solcher Freiheit wurde – wie schon gesagt – keineswegs allen Bären gestattet, sondern nur einigen besonders klugen und gutmütigen, und auch diesen keineswegs für ihr ganzes Leben, sondern nur solange sie nicht ihre tierischen, für das Zusammenleben unbequemen Anlagen hervorkehrten, das heißt, solange sie sich friedlich betrugen und weder Hühner, Gänse, Kälber noch Menschen anrührten.

Ein Bär, der die Ruhe der Gutsbewohner störte, wurde sofort zum Tode verurteilt, und nichts auf der Welt vermochte, ihn vor der Vollstreckung dieses Urteils zu bewahren.

4

Das Amt Chrapons war es, jeweils den ›gelehrigen Bären‹ auszuwählen. Da er mehr als alle anderen Leute mit den Bären Umgang hatte und überdies als großer Kenner ihrer Wesensart galt, so wurde naturgemäß er allein mit dieser Aufgabe betraut. Er mußte freilich auch die Verantwortung tragen, falls er eine ungeschickte Wahl traf, – doch hatte er gleich beim erstenmal für diese Rolle einen ungewöhnlich begabten und klugen Bären gefunden, der einen seltsamen Namen erhielt; sonst heißen in Rußland die Bären allgemein ›Mischka‹, diesem aber verlieh man den spanischen Namen ›Sganarell‹. Schon fünf Jahre hatte er in voller Freiheit gelebt und noch keine einzige ›Unart‹ begangen. Wenn man nämlich von einem Bären sagte, daß er ›unartig‹ geworden sei, so bedeutete es, daß er durch einen Überfall oder etwas Ähnliches seine tierische Natur erwiesen hatte.

Der ›Unartige‹ wurde dann zunächst in die ›Grube‹

gesperrt, die sich auf einer großen Wiese zwischen der Tenne und dem Wald befand, und erst nach einiger Zeit auf die Wiese herausgelassen (er kletterte selbst an einem Pfahl empor), um hier von ›jungen Blutegeln‹ (den halberwachsenen jungen Bärenhunden) gehetzt zu werden. Vermochten die jungen Hunde das Tier nicht zu fassen und schien die Gefahr naheliegend, daß es schließlich in den Wald entkommen könne, dann warfen sich zwei der besten Jäger auf ihn, die mit auserlesenen Koppeln erfahrener Hunde in einem Reserveversteck lauerten, und damit war die Sache meistens zu Ende.

Wenn jedoch auch diese Hunde so ungeschickt waren, daß der Bär durchbrechen und die ›Insel‹ (das heißt den Wald), hinter der sich das weite Forstgebiet von Brjansk erstreckte, erreichen konnte, so trat ein eigens für diesen Zweck ausersehener Schütze mit einem langen und schweren Kuchenreuterschen Stutzen hervor, legte diesen zum Zielen ›auf die Gabel‹ und sandte dem Bären die tödliche Kugel nach.

Noch niemals war es vorgekommen, daß ein Bär all diesen Gefahren entronnen war, und allein die Vorstellung der Folgen, die ein solcher Fall nach sich ziehen mußte, war schrecklich: jedem einzelnen der Schuldtragenden drohte tödliche Bestrafung.

5

Sganarells Verstand und seine Solidität waren die Ursache davon, daß das eben geschilderte Vergnügen einer Bärenhinrichtung nun schon seit fünf Jahren nicht mehr vorgekommen war.

Sganarell war während dieser Zeit herangewachsen und ein riesiges Tier von ungewöhnlicher Kraft, Schönheit und Gewandtheit geworden. Mit seiner stumpfen runden Schnauze und seinem ziemlich schlanken Körper sah er eher einem kolossalen Pudel als einem Bären ähnlich. Sein Hinterteil war mager und mit kurzem glänzendem Fell bedeckt, Schultern aber und Nacken waren stark entwickelt und mit langen Zotteln behangen. Sganarell war auch klug wie ein Pudel und konnte einige für ein Tier seiner Art merkwürdige Kunststücke: er lief zum Beispiel geschickt und leicht auf den Hinterbeinen, wobei er mit dem Bauch und Hintern wackelte, schlug die Trommel und marschierte wie ein Soldat mit einem großen bemalten Stock, der wie ein Gewehr zugeschnitten war, aber es bereitete ihm auch großes Vergnügen, mit den Bauern zusammen die schwersten Säcke zur Mühle zu schleppen, und ferner hatte er gelernt, sich mit eigenartigem Chic, was überaus lächerlich wirkte, eine hohe spitze Bauernmütze, die mit einer Pfauenfeder oder einem Strohwisch in der Form eines Federbusches verziert war, auf den Kopf zu stülpen.

Doch auch ihm nahte das Verhängnis – auch in Sganarell brach die wilde Natur durch. Kurz bevor ich im Hause meines Onkels ankam, hatte der ruhige Sganarell rasch hintereinander mehrere Dummheiten begangen, von denen die eine immer schwerer war als die andere.

Die Reihenfolge der verbrecherischen Taten war genau die gleiche wie bei seinen Vorgängern: als Auftakt riß er einer Gans den Flügel ab; darauf legte er einem Füllen, das hinter der Mutter herlief, die Pratze auf den Rücken und zerbrach ihm dabei das Rückgrat, und endlich erregten ein alter Blinder und dessen Führer sein Mißfallen, und Sganarell wälzte sie im Schnee hin und her, wobei er ihnen freilich Hände und Füße sehr zerquetschte. Der Blinde und sein Führer wurden ins Krankenhaus gebracht, Chrapon jedoch erhielt Befehl, Sganarell abzuführen und in die Grube zu setzen, aus der nur ein Weg wieder herausführte – der *zur Hinrichtung* ...

Am Abend erzählte uns Anna, während sie mich und meinen gleichaltrigen Vetter auskleidete, daß sich, als Sganarell zur Grube gebracht wurde, in der er bis zum Vollzug der Todesstrafe bleiben sollte, unendlich rührende Szenen abgespielt hatten. Chrapon hatte Sganarell nicht den üblichen schmerzhaften Ring durch die

Schnauze gezogen und auch sonst nicht die geringste Gewalt angewendet, sondern nur gesagt: »Komm mit, Tier!«

Da war der Bär sogleich aufgestanden und mitgegangen, wobei noch etwas besonders Lächerliches vorfiel – Sganarell hatte gerade seine Mütze mit dem Strohbusch auf und hielt außerdem den ganzen Weg bis zur Grube Chrapon umarmt, als wären sie zwei Freunde.

Und Freunde waren sie wohl auch wirklich.

6

Chrapon tat Sganarell sehr leid, aber er hatte keinerlei Möglichkeit, ihm zu helfen. Ich erinnere daran, daß in dem Hause, wo diese Begebenheit stattfand, keinem jemals die geringste Verfehlung verziehen worden war, und so mußte denn Sganarell wohl, da er sich kompromittiert hatte, seine Späße unter allen Umständen mit grausamem Tode bezahlen.

Die Hetze auf ihn sollte für die Gäste, die sich zur Weihnachtszeit im Hause meines Onkels zusammenfanden, eine Nachmittagsunterhaltung bilden. Der Befehl dazu wurde den Jägern zur gleichen Zeit übermittelt, da Chrapon den schuldigen Sganarell abführte und in die Grube sperrte.

7

Die Bären wurden auf ziemlich einfache Art in die Grube gesteckt. Die Mündung oder Öffnung der Grube wurde gewöhnlich mit leichtem Reisig, das auf zerbrechlichen Latten lag, überdeckt und das Ganze mit Schnee zugescharrt. Dies tat man, damit der Bär nicht vorzeitig die Falle, die man ihm verräterisch gestellt hatte, entdecken konnte. Das gehorsame Tier wurde zu diesem Platz geführt und vorwärts getrieben. Es machte einen oder zwei Schritte und stürzte unversehens in die tiefe Grube, aus der zu entkommen unmöglich war. Hier saß der Bär, bis die Zeit der Hetze gekommen war. Dann stellte man in die Grube einen etwa sieben Ellen langen Balken schräg hinein, und eilfertig kletterte der Bär natürlich an diesem Balken hoch. Und nun setzte die Hetze ein. Wenn jedoch das scharfsinnige Tier Unheil witterte und nicht herauskommen wollte, so zwang man es dazu, indem man mit langen Stangen, die scharfe eiserne Spitzen hatten, nach ihm stach, brennendes Stroh in das Loch hinabwarf oder aus Gewehren und Pistolen blinde Schüsse abgab.

Chrapon hatte Sganarell abgeführt und auf die übliche Weise in sein Gefängnis gestoßen, war dann aber völlig verstört und tief betrübt nach Hause zurückgekehrt. Unglücklicherweise erzählte er seiner Schwester, wie ›liebreich‹ das Tier ihm gefolgt wäre und wie es sich, nachdem es durch das Reisig in die Grube gestürzt, unten hingekauert, die Vorderpfoten wie Hände bittend gefaltet, und dazu gestöhnt habe, gleichsam als weine es.

Ferner gestand Chrapon Anna, daß er, so schnell er nur konnte, von der Grube fortgelaufen sei, um nur nicht mehr das klägliche Stöhnen Sganarells hören zu müssen, da dieses Klagen ihm weh täte und seinem Herzen unerträglich wäre.

»Gott sei Dank«, fügte er hinzu, »daß nicht ich auf ihn zu schießen brauche, falls er ausreißen sollte, da ja andere Leute dazu bestimmt worden sind. Lieber würde ich, wenn mir das befohlen würde, alle Qualen ertragen, als auf ihn schießen.«

8

Anna erzählte es uns, und wir erzählten es dem Erzieher Kolberg, Kolberg aber erzählte es wiederum dem Onkel, um ihn zu unterhalten. Onkel hörte ihn an und sagte nur: »Braver Kerl, dieser Chraposchka!«, und klatschte darauf dreimal in die Hände.

Das bedeutete, daß der Onkel seinen Kammerdiener Ustin Petrowitsch herbeirief, ein altes Männchen aus der Schar der französischen Gefangenen von 1812.

Ustin Petrowitsch, oder eigentlich Justin, erschien

in seinem sauberen lila Frack mit silbernen Knöpfen, und Onkel gab Befehl: morgen bei der Hetzjagd auf Sganarell sei Phlegont, der berühmteste Schütze, der noch nie einen Fehlschuß getan, der eine Jäger, der aus dem Hinterhalt auf den Bären zu schießen habe, der andere aber Chraposchka. Offenbar wollte der Onkel an dem schwierigen Widerstreit von dessen Gefühlen seinen Spaß haben. Denn natürlich harrte seiner schwere Strafe, wenn er sich weigerte, auf Sganarell zu schießen, oder gar versuchte, absichtlich falsch zu zielen, obwohl Sganarell auch dann noch nicht entwischen konnte, da ihn Phlegont, der noch nie einen Fehlschuß getan, seinerseits bestimmt tödlich traf.

Ustin verbeugte sich und ging hinaus, um den Befehl weiterzugeben, wir Kinder aber begriffen sogleich, daß wir Unheil angerichtet hatten, und fühlten, daß mit all diesem etwas ungemein Schweres verknüpft war, von dem Gott allein wissen konnte, wie es enden würde. So vermochten wir weder dem Weihnachtsmahl, das, da es Abend- und Mittagessen zugleich war, ziemlich spät eingenommen wurde, Geschmack abzugewinnen, noch konnten die spät nachts eintreffenden Gäste, die zum Teil sogar ihre Kinder mitbrachten, unser Interesse fesseln.

Wir bemitleideten Sganarell und bemitleideten Ferapont und waren außerstande zu entscheiden, welcher von beiden uns mehr leid täte.

Wir beide, das heißt, ich und mein gleichaltriger Vetter, warfen uns noch lange in unseren Bettchen hin und her. Erst spät schliefen wir ein, schrieen jedoch bisweilen in unruhigem Schlaf auf, da uns beiden im Traum der Bär erschien. Und als die Kinderfrau uns damit trösten wollte, daß man ja jetzt den Bären nicht mehr zu fürchten brauche, da er in der Grube sitze und morgen getötet werden sollte, wurde ich von noch größerer Unruhe ergriffen.

Ja, ich wollte sogar von der Kinderfrau wissen, ob es erlaubt sei, für Sganarell zu beten? Diese Frage war für das religiöse Verständnis der Alten zu hoch, und sie erwiderte gähnend und dabei über dem Mund das Kreuz schlagend, daß sie darüber nichts Sicheres wisse, da sie noch nie den Geistlichen danach gefragt habe, daß aber auf jeden Fall auch der Bär ein Geschöpf Gottes sei und mit in der Arche Noah gewesen wäre.

Die Erinnerung an die Arche Noah ließ in mir den Gedanken aufleben, daß Gottes grenzenlose Barmherzigkeit sich nicht einzig auf die Menschen erstrecke, sondern auch auf alle anderen Geschöpfe, und gläubig, wie nur Kinder sind, kniete ich in meinem Bettchen nieder, barg das Gesicht in die Kissen und betete zu Gott, er möge in seiner Allmacht meine heiße Bitte nicht übel anrechnen und Sganarell verschonen.

9

Der Weihnachtstag brach an. Festtäglich gekleidet gingen wir mit unsern Erziehern und Bonnen zum Morgentee. Außer zahlreichen Verwandten und Gästen befand sich im Saal auch die Geistlichkeit: der Priester, der Diakonus und zwei Küster.

Als der Onkel eintrat, stimmten die Geistlichen ›Christ ist geboren‹ an. Darauf gab es Tee, danach einen kleinen Imbiß, und frühzeitig, gegen zwei Uhr, wurde das Feiertagsmahl eingenommen. Denn gleich nach dem Essen sollte die Hetzjagd auf Sganarell stattfinden. Dieses durfte nicht aufgeschoben werden, da es ja um diese Jahreszeit früh dunkelt; eine Hetzjagd in der Dunkelheit aber ist unmöglich, weil der Bär sich dann nur zu leicht den Blicken entziehen kann.

Alles geschah so, wie es angeordnet worden war. Unmittelbar nach Tisch wurden wir umgekleidet, weil auch wir der Hetze auf Sganarell zuschauen sollten. Man zog uns unsere warmen Hasenpelzchen an und die zottigen Stiefel aus Ziegenwolle mit runden Sohlen, und bald darauf saßen wir auch schon in unserem Schlitten.

Zu beiden Seiten der Auffahrt harrten bereits die übrigen zahlreichen langen und geräumigen Troikaschlitten, die mit gestickten Teppichen bedeckt waren, und hier stand auch, von zwei Stallburschen am Zügel gehalten, das englische Reitpferd des Onkels, eine Fuchsstute, die den Namen ›Modedame‹ führte.

Wir brauchten nicht lange auf den Onkel zu warten, er kam in seinem Fuchspelz, auf seinem Kopf war eine Mütze aus dem gleichen Fell; kaum saß er im Sattel, über den ein schwarzes Bärenfell mit Brust- und Schweifriemen, die reich mit Türkisen und ›Schlangenköpfchen‹ verziert waren, gebreitet lag, als sich auch schon der ganze mächtige Zug in Bewegung setzte. Nach zehn oder fünfzehn Minuten hatten wir den Ort der Hetze erreicht und stellten uns im Halbkreis auf. Die Schlitten wurden so postiert, daß sie sich mit halber Wendung dem weiten, ebenen, mit Schnee bedeckten Felde zurichteten, das von eine Kette berittener Jäger eingefaßt und in der Ferne vom Walde begrenzt wurde.

Dort am Waldrande aber lagen hinter Büschen die Verstecke oder vielmehr die Hinterhalte, in denen sich Phlegont und Chraposchka zu verbergen hatten.

Diese Verstecke waren nicht zu sehen; einige Eingeweihte jedoch machten uns auf die kaum zu bemerkenden ›Gabeln‹ aufmerksam, auf die die Schützen das Gewehr auflegen sollten, wenn sie auf Sganarell schossen.

Ebenso war auch die Grube, in der der Bär saß, nicht zu sehen, und so wandten wir unsere Augen unwillkürlich den schmucken Reitern zu, die verschiedenartige, aber schöne Waffen um die Schultern gehängt trugen: schwedische Strabusen, deutsche Morgenraths, englische Mortimer und Warschauer Kolletts.

Vor der Kette hielt der Onkel auf seinem Pferd. Man reichte ihm die Leine, an der zwei der schärfsten ›Blutegel‹ zusammengekoppelt waren, und legte an den Bogen seines Sattels ein weißes Tuch.

Die Zahl der jungen Hunde, die ihre Fähigkeiten an dem zum Tode verurteilten Missetäter Sganarell üben sollten, war sehr groß, alle trugen ein äußerst überhebliches Gehaben zur Schau und verrieten heiße Ungeduld, die eigentlich auf mangelhafte Dressur deutete. Sie winselten, bellten und sprangen so zwischen den Pferden herum, daß ihre Koppeln in Unordnung gerieten; die uniformierten Piköre aber hoch zu Roß knallten in einem fort, um die jungen, vor Ungeduld außer Rand und Band geratenen Hunde zum Gehorsam zu bringen. Und alles kochte vor Verlangen, sich auf das Tier zu stürzen, dessen Nähe die Hunde mit ihrer angeborenen scharfen Witterung natürlich längst entdeckt hatten.

Der Augenblick war da, Sganarell aus der Grube zu lassen und den Hunden preiszugeben!

Der Onkel winkte mit dem weißen Tuch, das auf seinem Sattel lag, und sagte: »Los!«

10

Aus der Schar der Jäger, die den Stab des Onkels bildeten, entfernten sich ihrer zehn und schritten querfeldein.

Nach etwa zweihundert Schritten blieben sie stehen und holten aus dem Schnee einen langen, wenn auch nicht sehr dicken Balken, den wir bis jetzt der Entfernung halber nicht hatten sehen können.

Das geschah gerade neben der Grube, in der Sganarell saß, die wir aber, weil wir so weit entfernt hielten, bisher ebenfalls noch nicht wahrgenommen hatten.

Der Balken wurde aufgehoben und das eine Ende sogleich in die Grube hinuntergelassen. Er wurde in einem schiefen Winkel hineingestellt, so daß das Tier ohne Schwierigkeit auf ihm wie auf einer Leiter herausklettern konnte.

Das andere Ende des Balkens lag auf dem Rand der Grube und ragte etwa um Armlänge darüber hinaus.

Gespannt verfolgten aller Augen diese vorbereitende Operation, da nun der allerinteressanteste Moment bald kommen mußte. Man erwartete, daß Sganarell sofort herausklettern würde, aber er begriff offenbar, worum es sich handelte, und wollte um keinen Preis heraus.

Nun begann man, Schneeballen in die Grube hinabzuwerfen und mit eisenbeschlagenen Stangen nach dem Tier zu stechen, man hörte sein Brüllen, aber es verließ das Loch nicht. Es knallten blinde Schüsse, mit denen man es aufscheuchen wollte: Sganarell brüllte nur noch zorniger, zeigte sich jedoch ebensowenig wie zuvor.

Plötzlich jagte eine einfach mit einem einzigen Pferd bespannte Mistfuhre, auf dem ein Haufen trockenen Roggenstrohs lag, im Galopp an uns vorbei.

Das Pferd war hochbeinig und dürr, eines von denen, die man nur noch dazu gebraucht, Futter von der Tenne zu fahren, allein trotz seiner Magerkeit und seines Alters galoppierte es mit erhobenem Schweif und gesträubter Mähne. Es war freilich schwer zu entscheiden, ob seine jetzige Lebhaftigkeit ein Überrest ehemaligen Jugendfeuers, oder ob sie vielleicht nur die Folge der Angst und Verzweiflung war, die die Nähe des Bären dem alten Gaul einflößte.

Offenbar war das letztere wahrscheinlicher, denn das Pferd war nicht nur mit der eisernen Trense aufgezäumt, sondern auch noch mit einem scharfen Strick, der seine altersgrauen Lefzen schon ganz blutig gerissen hatte. Das Pferd machte wilde Sprünge und wollte verzweifelt seitwärts ausbrechen, so daß der Stallbursche vollauf zu tun hatte, ihm mit dem Strick den Kopf in die Höhe zu zerren und gleichzeitig mit der anderen Hand seinen Rücken unbarmherzig mit der Peitsche zu bearbeiten.

Wie dem auch immer war, das Stroh wurde in drei Haufen geteilt, angezündet und von drei Seiten aus zu gleicher Zeit brennend in die Grube geworfen. Von der Flamme unberührt blieb einzig die Stelle des Grabenrandes, aus der der Balken herausragte.

Ein betäubendes, rasendes Brüllen erscholl, in dem etwas wie Stöhnen mitklang, allein... allein der Bär erschien immer noch nicht...

Ein Gerücht drang bis zu unserer Kette: Sganarell wäre bereits ganz ›versengt‹, er hielte die Augen mit den Pfoten bedeckt und hatte sich flach in einem Winkel an den Boden gepreßt, so daß man ihn ›nicht mehr zwingen könne, herauszukommen‹.

Das Arbeitspferd mit den zerrissenen Lefzen jagte wieder im Galopp zurück... Alle glaubten, daß eine neue Ladung Stroh geholt werden solle. Vorwurfsvolles Murmeln wurde unter den Zuschauern laut: warum hatten die Veranstalter der Jagd nicht rechtzeitig dafür gesorgt, daß ein genügender Vorrat an Stoh bereitlag? Onkel ärgerte sich und schrie etwas, was ich bei dem Lärm, der jetzt unter den Leuten entstand, dem immer lauter werdenden Winseln der Hunde und dem Knallen der Hetzpeitschen nicht vernehmen konnte.

Aber in alledem lag doch eine gewisse Stimmung, und alles fügte sich irgendwie gut aneinander; schon jagte das Arbeitspferd, ausschlagend und schnaubend, wieder zur Grube, in der Sganarell lag, zurück, aber dieses Mal führte es kein Stroh mit sich: auf dem Schlitten saß jetzt Ferapont.

Der Befehl, den Onkel voll Zorn gegeben hatte, lautete, daß Chraposchka selber in die Grube hinabsteigen und selber seinen Freund zur Hetze *herausführen* solle.

11

Und nun war Ferapont an Ort und Stelle. Er schien sehr erregt zu sein, aber er handelte fest und entschlossen. Ohne auch nur im geringsten dem Befehl seines Herrn zu widerstreben, nahm er vom Schlitten den Strick, mit dem vorher das Stroh zusammengebunden gewesen, und knotete ihn um eine Einkerbung am oberen Ende des Balkens. Den so befestigten Strick nahm er fest in die Hände und ließ sich an ihm längs des Balkens langsam in die Grube hinab...

Das schreckliche Brüllen Sganarells verstummte und ging in dumpfes Knurren über.

Es klang, als beklage sich das Tier bei seinem Freunde über die grausame Behandlung, die ihm die Menschen zuteil werden ließen; und dann verstummte auch das Knurren, und es herrschte völlige Stille.

»Er umarmt Chraposchka und leckt ihn ab!« rief da einer der Leute, die neben der Grube standen.

Einige der Zuschauer, die sich in den Schlitten befanden, seufzten auf, andere runzelten die Stirn.

Vielen tat der Bär bereits leid, und es war augenscheinlich, daß sie kein rechtes Vergnügen mehr verspürten, der Hetze beizuwohnen. Diese zunächst noch flüchtigen Eindrücke wurden aber plötzlich von einem Ereignis verstärkt, das noch unerwarteter war und noch mehr zu rühren vermochte.

Aus der Öffnung der Grube tauchte wie aus dem Schlund der Unterwelt der Lockenkopf Chraposchkas mit seiner runden Jagdmütze auf. Er kletterte in der gleichen Weise herauf, in der er sich hinuntergelassen hatte, daß heißt, Ferapont stemmte die Füße gegen den Balken, indem er sich an dem oben festgebundenen Strick in die Höhe zog. Aber Ferapont stieg *nicht allein* empor: neben ihm trottete, in enger Umarmung mit ihm und die große zottige Pratze auf seine Schulter gelegt, Sganarell heraus. Der Bär war schlecht gelaunt und schien gar nicht unternehmungslustig zu sein. Abgehärmt und erschöpft, und, wie es schien, nicht so sehr von körperlichen Leiden als von der starken moralischen Erschütterung, erinnerte er lebhaft an König Lear. In seinen finster blickenden blutunterlaufenen Augen brannte Zorn und Unwillen. Und wie bei König Lear war sein Haar zerzaust und stellenweise versengt, und hier und da klebten Strohhalme darin. Und zu allem übrigen hatte Sganarell, gleich jenem unglückseligen Gekrönten, ebenfalls etwas wie eine Krone bei sich. Vielleicht um Ferapont seine Liebe zu beweisen, vielleicht aber auch nur rein zufällig trug er die Mütze unterm Arm, die ihm Chraposchka geschenkt und die Sganarell mitgenommen hatte, als er in die Grube gestoßen wurde. Der Bär hatte die Gabe seines Freundes aufbewahrt und jetzt, da sein Herz in der Umarmung des Freundes für einen Augenblick Ruhe gefunden hatte, holte er, kaum daß er wieder festen Boden unter den Füßen fühlte, die arg verknüllte Mütze unter dem Arm hervor und setzte sie sich auf den Scheitel...

Viele mußten bei diesem Anblick lachen, vielen jedoch bereitete er Qual. Und einige wendeten sich sogar eilig ab, um das Tier, dessen schlimmes Ende nun so nahe bevorstand, nicht mehr sehen zu müssen.

12

Während sich dies alles zutrug, heulten die Hunde und tobten wild und waren nicht mehr zum Gehorsam zu zwingen. Selbst die ermahnenden Schläge der Hetzpeitsche blieben ohne Wirkung. Als die Blutegel und die jungen Hunde Sganarell erblickten, stellten sie sich heiser heulend und knurrend auf die Hinterbeine und erwürgten sich fast mit ihren ledernen Halsriemen; Chraposchka aber jagte unterdessen bereits wieder auf seinem Schlitten dem Versteck am Waldrande zu. So war denn Sganarell wiederum allein und stand da und zerrte ungeduldig mit der Tatze, um die sich zufällig der von Chraposchka weggeworfene Strick, dessen eines Ende immer noch an den Balken gebunden war, geschlungen hatte. Das Tier wollte sich offenbar rasch aus der Schlinge lösen oder den Strick zerreißen, um seinem Freunde nachzueilen, aber trotz seiner besonderen Klugheit hatte der Bär eben doch nur die Geschicklichkeit eines Bären, und so bekam denn Sganarell die Schlinge nicht auf, sondern zog sie nur immer fester zusammen.

Als Sganarell sah, daß die Sache nicht nach Wunsch ging, begann er heftig an dem Strick zu zerren, um ihn zu zerreißen, aber der Strick war fest und riß nicht, der Balken aber wurde dabei aus seiner Lage gerissen und stand nun senkrecht in der Grube. Er sah sich um, im gleichen Augenblick aber sprangen ihn zwei Blutegel, die man soeben losgekoppelt hatte, an, und der eine von ihnen schlug noch im Sprung die scharfen Zähne in seinen Nacken.

Sganarell war so sehr mit dem Strick beschäftigt gewesen, daß er nichts dergleichen erwartet hatte, und schien im ersten Augenblick weniger erzürnt als vielmehr verblüfft über diese Frechheit zu sein; als jedoch nach einer halben Sekunde der Blutegel losließ, um sich fester zu verbeißen, holte er mit der Tatze aus und schleuderte ihn mit zerfetztem Leib von sich. Die herausquellenden Eingeweide färbten den Schnee im Nu blutig, den anderen Hund aber zertrat im gleichen Augenblick die Hinterpranke des Bären... Weit schrecklicher jedoch und noch unerwarteter war das, was derweilen mit dem Balken geschah.

Als Sganarell jene heftige Bewegung mit der Tatze machte, um den Blutegel, der sich verbissen hatte, von sich abzuschleudern, riß er mit der gleichen Bewegung den fest an den Strick gebundenen Balken aus der Grube, und dieser sauste waagerecht durch die Luft. Dadurch straffte sich der Strick, und der Balken flog um Sganarell herum wie um eine Achse und beschrieb mit seinem anderen Ende einen Kreis im Schnee, zerschmetterte jedoch schon bei seinem ersten Umschwung nicht etwa zwei oder drei Hunde, sondern eine ganze Koppel herbeistürzender Hunde und tötete sie sofort. Einige winselten noch und wühlten mit den Pfoten im Schnee, die anderen aber blieben nach diesem Purzelbaum regungslos am Boden liegen.

13

Entweder war das Tier klug genug, um zu begreifen, welch gute Waffe ihm hier zur Verfügung stand, oder der Strick schnitt sich schmerzhaft in seine Pratze, kurz, es brüllte dumpf auf, packte den Strick mit der Tatze und schwang ihn mit solcher Kraft herum, daß der Balken emporflog und mit der Pratze, die den

Strick hielt, eine horizontale Linie bildete und zu summen begann, wie ein stark wirbelnder riesengroßer Kreisel. Alles, was in seinen Bereich geriet, mußte unbedingt in Trümmer zerschmettert werden. Wenn aber der Strick an irgendeiner Stelle schadhaft war und etwa riß, so mußte der abspringende, in zentrifugaler Richtung dahinsausende Balken sicherlich sehr weit, und Gott weiß wohin, fliegen und auf seiner Bahn alles, was sich ihm in den Weg stellte, unfehlbar vernichten.

Alles, Menschen, Pferde und Hunde, auf der ganzen Linie und soweit sich die Kette ausdehnte, war in furchtbarer Gefahr, und jeder von uns wünschte natürlich, der Sicherheit seines Lebens halber, daß der Strick, an dem Sganarell seine riesige Schleuder kreisen ließ, sich als fest erweisen möge. Aber was konnte geschehen, wenn das nicht der Fall war!

Niemand, außer wenigen Jägern und den beiden Schützen, die am Waldrande in ihren Verhauen saßen, zeigte auch nur die geringste Lust, die gefährliche Entscheidung abzuwarten. Das gesamte Publikum, das heißt, alle Gäste und auch die Hausgenossen des Onkels, die als Zuschauer sich zu dieser Lustbarkeit eingefunden hatten, fand an dem Vorgang, der sich hier abspielte, nicht das geringste Vergnügen mehr. In panischem Schrecken befahlen alle den Kutschern, so schnell wie möglich die gefährdete Stelle zu verlassen, und bald jagte alles, sich drängend und einander überholend, in entsetzlicher Unordnung zum Hause zurück. Bei dieser übereilten und ungeordneten Flucht gab es unterwegs mehrere Zusammenstöße, Schlitten stürzten um, hie und da erklang Gelächter, und alle waren voller Schrecken. Die aus dem Schlitten Gestürzten nahmen an, der Balken habe sich bereits losgerissen und sause über ihren Köpfen dahin, andere wieder dachten, das wildgewordene Tier hetze ihnen nach.

Als die Gäste das Haus erreicht hatten, konnten sie endlich zur Ruhe kommen und sich erholen, die wenigen aber, die an Ort und Stelle der Hetzjagd zurückgeblieben waren, mußten ewas noch weit Schrecklicheres erblicken.

14

Es war ausgeschlossen, die Hunde noch einmal auf Sganarell zu hetzen. Denn es war klar, daß er mit seiner schrecklichen Waffe, dem Balken, der ganzen großen Menge der Hunde Herr werden konnte, ohne selber die geringste Gefahr zu laufen. Der Bär ging nämlich, immer seinen Balken schwingend und sich selber im Kreise drehend, auf den Wald zu, in dem der Tod auf ihn lauerte, denn hier saßen ja in ihren Verstecken Ferapont und der nie fehlende Phlegont.

Eine gutgezielte Kugel könnte alles schnell und sicher erledigen.

Aber das Schicksal begünstigte Sganarell in erstaunlicher Weise und schien das Tier, da es sich schon einmal in seine Angelegenheiten eingemischt hatte, um jeden Preis retten zu wollen.

Im gleichen Augenblick nämlich, als Sganarell sich in gleicher Höhe mit den Schneewällen befand, hinter denen, auf ihren Gabeln ruhend, die Mündungen der Kuchenreutherschen Stutzen auf ihn gerichtet waren, riß plötzlich der Strick, an dem der Balken immer noch kreiste... und wie der Pfeil vom Bogen schnellt, so flog der Balken nach der einen Richtung, indes der Bär, das Gleichgewicht verlierend, hinstürzte und kopfüber nach der anderen Seite purzelte.

Vor denen, die auf dem Felde zurückgeblieben waren, rollte sich nun ein neues, schreckliches und sehr lebensvolles Bild ab: der Balken hatte die Gabeln umgerissen und ebenso den Schneewall, hinter dem das Versteck Phlegonts lag, war dann über diesen hinweggeschnellt und mit dem einen Ende in einer abgelegenen Schneewehe steckengeblieben; Sganarell aber hatte inzwischen keine Zeit verloren. Nach drei oder vier Purzelbäumen geriet er ausgerechnet hinter den Schneewall Chraposchkas...

Sganarell erkannte seinen Freund sofort, blies ihn aus seinem heißen Rachen an und begann ihn mit der

Zunge abzulecken, doch da krachte von der Seite Phlegonts her ein Schuß... und der Bär floh in den Wald; Chraposchka aber... fiel besinnungslos nieder.

Man hob ihn auf und untersuchte ihn: die Kugel hatte den Arm durchschlagen, aber man fand in der Wunde auch einige Bärenhaare.

Phlegont büßte den Ruf, der beste Schütze zu sein, durch diesen Fehlschuß nicht ein, denn er hatte den Schuß übereilt und ohne Gabelstütze, also ohne die Möglichkeit, genau zielen zu können, abgegeben. Außerdem war die Dämmerung inzwischen hereingebrochen, und endlich waren der Bär und Chraposchka zu nahe beieinander gewesen...

Unter solchen Umständen mußte auch dieser Fehlschuß noch als bemerkenswerte Leistung angesehen werden.

Trotz alledem – *Sganarell war entkommen.* Ihm am gleichen Abend noch nachzusetzen, war ein Ding der Unmöglichkeit; bis zum nächsten Morgen aber wurde der Sinn dessen, dessen Wille hier allen Gesetz war, vollkommen geändert und gleichsam von einem Wunder erleuchtet.

Nachdem die Jagd, wie geschildert, mit solchem Mißerfolg geendet hatte, kehrte der Onkel nach Hause zurück. Er war zornig und noch strenger als gewöhnlich. Und bevor er noch an der Freitreppe vom Pferde stieg, gab er schon den Befehl, am nächsten Tage bei Tagesanbruch sogleich die Spur des Tieres aufzunehmen und es einzukreisen, damit es auf keinen Fall entweichen könne.

Es war ja klar: wäre die Jagd richtig geleitet gewesen, hätte sie naturgemäß ganz andere Resultate ergeben müssen.

Voll Bangen erwartete man seine Anordnungen, was mit dem verwundeten Chraposchka geschehen solle. Alle waren der gleichen Meinung, daß er Fürchterliches zu erwarten habe. Denn zum mindesten traf ihn deswegen Schuld, weil er es versäumt hatte, Sganarell sein Jagdmesser in die Brust zu stoßen, als dieser bei ihm war, und statt dessen ihn völlig unbeschädigt aus seiner Umarmung gelassen hatte. Außerdem bestand starker und allem Anschein nach auch begründeter Verdacht, daß Chraposchka mit Überlegung so gehandelt und im entscheidenden Moment absichtlich nicht die Hand gegen seinen zottigen Freund erhoben habe, um ihm dadurch zur Freiheit zu verhelfen.

Der allen bekannte Freundschaftsbund zwischen

Chraposchka und Sganarell verlieh diesen Vermutungen große Wahrscheinlichkeit.

Dies war nicht nur die Ansicht aller Jagdteilnehmer, sondern auch die Meinung der Gäste.

Wir lauschten den Gesprächen der Erwachsenen, die sich gegen Abend im großen Saal versammelten, wo für uns nun die Lichter auf dem reichgeschmückten Tannenbaum angezündet wurden, und wir teilten die allgemeinen Vermutungen und die allgemeinen Befürchtungen über das Los, das Ferapont erwartete.

Zunächst jedoch gelangte aus dem Vorzimmer, durch das der Onkel von der Freitreppe aus zu ›seiner Flucht‹ geschritten war, das Gerücht in den Saal, daß in bezug auf Chraposchka noch keine Befehle erteilt worden seien.

»Ist das wohl ein gutes Zeichen, oder nicht?« flüsterte jemand, und bei der allgemeinen bedrückten Stimmung drang dieses Flüstern tief in jedes Herz.

Auch Pater Alexej, ein alter Dorfgeistlicher mit dem Bronzekreuz aus dem Jahre 1812, vernahm es. Der Alte seufzte nur und sagte gleichfalls flüsternd: »Betet zu Christus, der heute geboren ward.«

Und bei diesen Worten bekreuzigte er sich, und alle, die im Saale weilten, Erwachsene und Kinder, Herren und Diener, folgten seinem Beispiel. Und es geschah zur rechten Zeit.

Denn noch hatten wir die Hände nicht gesenkt, da

öffneten sich weit die Flügeltüren, und einen Stock in der Hand trat der Onkel herein. Seine zwei Lieblingswindhunde begleiteten ihn und der Kammerdiener Justin. Der letztere trug auf einem silbernen Tablett das weiße Tuch und die runde Tabatière mit dem Bildnis Pauls des Ersten.

16

Für den Onkel stand inmitten des Zimmers auf einem kleinen persischen Teppich vor dem Christbaum ein Voltairesessel bereit. Schweigend ließ er sich darauf nieder und schweigend nahm er von Justin das Tuch und die Tabatière entgegen. Und sogleich legten sich auch die beiden Hunde zu seinen Füßen und steckten ihre langen Schnauzen vor.

Onkel trug einen blauseidenen Stepprock mit in Flachstich aufgenähten Litzen und weißen Filigranspangen, die mit großen Türkisen verziert waren. In der Hand hielt er einen dünnen, aber festen Stock aus natürlichem kaukasischen Vogelkirschholz.

Dieses Stöckchen leistete ihm jetzt gute Dienste, denn während der Panik in den Minuten der allgemeinen Flucht hatte die glänzend zugerittene ›Modedame‹ gleichfalls den Kopf verloren, war ausgebrochen und hatte das Bein ihres Reiters empfindlich an einen Baum gepreßt.

Onkel fühlte nun starken Schmerz in diesem Bein und hinkte sogar ein wenig.

Dieser neue Umstand war natürlich nicht dazu angetan, gute Empfindungen in seinem erbitterten und zornigen Herzen zu erwecken. Und auch das war falsch, daß wir alle beim Eintritt des Onkels jäh verstummten. Wie die meisten mißtrauischen Menschen konnte er das nicht vertragen, und darum beeilte sich Pater Alexej, der ihn gut kannte, die Sache, so gut es ging, zu bessern, indem er das unheilverkündende Schweigen brach.

Da wir Kinder gerade einen Kreis um ihn bildeten, wandte sich der Geistliche mit der Frage an uns: ob wir wohl den Sinn des Liedes ›Christ ist geboren‹ auch ganz verstünden? Und da zeigte es sich, daß nicht nur wir Kinder, nein, auch die Erwachsenen wenig genug davon begriffen. Nun begann der Priester uns die Worte ›lobpreiset‹, ›rühmet‹ und ›erhebet euch‹ zu erläutern, und als er bei der Bedeutung dieses letzteren Wortes angelangt war, kam auch über seinen Geist und sein Herz sanft ›die Erhebung‹. Und er sprach von der *heiligen Gabe,* die auch heute noch wie zu ›jener Zeit‹ selbst der Ärmste zur Krippe des ›geborenen Kindleins‹ bringen dürfe, kühner noch und auch würdiger als Gold, Myrrhen und Weihrauch der Weisen des Altertums. Diese Gabe sei unser Herz, geläutert von seiner Lehre. Der Alte sprach von der Liebe, von der Vergebung und von der Pflicht eines jeden, Freund wie Feind, ›im Namen Christi‹ Gutes zu tun... Und ich glaube, daß in jener Stunde seinen Worten die Kraft der Überzeugung innewohnte... Wir alle verstanden, worum es ging, und wir alle lauschten mit einem eigenen Gefühl, wir beteten gleichsam, daß seine Worte ihr Ziel erreichen möchten, und vielen von uns zitterten an den Wimpern gute Tränen...

Plötzlich fiel etwas zu Boden... Es war der Stock des Onkels... Man reichte ihm diesen, aber er rührte ihn nicht an: er saß still da, ein wenig zur Seite geneigt, seine Hand hing über die Lehne des Sessels herab und spielte geistesabwesend mit einem großen Türkis von einer Schnalle seines Rockes... Und jetzt ließ er auch diesen fallen... aber diesen... diesen beeilte sich niemand mehr aufzuheben.

Alle Augen hingen an seinem Gesicht. Etwas Ungewöhnliches geschah: *er weinte!*

Sanft schob der Priester uns Kinder zur Seite, trat auf den Onkel zu und hob schweigend die Hand zum Segen. Der Onkel richtete das Gesicht auf, ergriff die Hand des Alten und küßte sie ganz unerwartet vor uns allen und sagte leise: »Danke!«

Dann blickte er Justin an und ließ Ferapont rufen.

Dieser erschien, bleich und mit verbundenem Arm.

»Hierher!« befahl ihm der Onkel und zeigte mit der Hand auf den Teppich vor seinem Sessel.

Chraposchka trat näher und fiel auf die Knie.

»Steh auf... erheb dich!« sagte der Onkel; »ich verzeihe dir.«

Und wieder warf Chraposchka sich ihm zu Füßen. Mit nervöser und erregter Stimme begann nun der Onkel: »Du hast das Tier geliebt, wie nicht jeder die Menschen zu lieben vermag. Du hast mich dadurch gerührt und mich an Großmut übertroffen. Ich will dir eine Gnade erweisen: ich schenke dir den Freibrief und hundert Rubel auf den Weg. Geh, wohin du willst.«

»Ich danke, ich will nirgendwohin gehen«, rief Chraposchka.

»Was?«

»Ich will nirgendwohin gehen«, wiederholte Ferapont.

»Was willst du denn?«

»Für Ihre Gnade will ich Ihnen aus freiem Willen noch getreulicher dienen, als ich es aus Zwang getan habe.«

Des Onkels Augen begannen heftig zu zucken, er drückte mit der einen Hand sein weißes Seidentuch auf sie, während er den andern Arm, sich vorbeugend, um Ferapont legte... und da verstanden wir alle, daß wir uns zu erheben hätten, und wir verhüllten ebenfalls unsere Augen... Wie schön war es zu fühlen, daß hier etwas zum Ruhme des höchsten Gottes geschehen sei und daß an Stelle des finsteren Schreckens nun der

Friede in Christi Namen mit seinem Duft den Raum erfüllte.

Auch im Dorf, wohin die Kessel mit Dünnbier geschickt worden waren, ließ sich alsbald die Wirkung des bei uns eingekehrten Geistes Christi spüren. Freudenfeuer wurden angezündet, und alle Leute waren heiter und sprachen scherzend zueinander. ›Bei uns ist nun geschehen, daß auch das Tier Christi Ruhm in der heiligen Stille verkündet.‹

Sganarell wurde nicht weiter verfolgt. Ferapont bekam, wie es ihm versprochen worden war, seinen Freibrief, trat bald darauf an die Stelle Justins und war dem Onkel nicht nur ein treuer Diener, sondern auch ein treuer Freund bis an sein Lebensende. Seine Hände drückten dem Onkel die Augen zu, und er bestattete ihn in Moskau auf dem Wagankowschen Friedhof, wo auch noch heute dessen Grabmal steht. Dort, zu seinen Füßen, ruht auch Ferapont.

Blumen bringt ihnen freilich jetzt niemand mehr, aber in den Schlupfwinkeln und Vorstadtlöchern Moskaus gibt es auch heute noch Leute, die sich gut an den hochgewachsenen weißhaarigen alten Herrn erinnern, der stets wie durch ein Wunder in Erfahrung zu bringen wußte, wo wirkliches Leid zu finden war, und sich entweder selber zur rechten Zeit einstellte oder zum mindesten seinen braven Diener mit den etwas vorstehenden Augen schickte, und zwar nie mit leeren Händen.

Diese beiden guten Menschen, von denen man noch viel erzählen könnte, waren mein Onkel und sein Ferapont, dem mein Onkel im Scherz einen Spitznamen gegeben hatte: er nannte ihn ›*den Bändiger des Tieres*‹.

Der Heckrubel

Es gibt einen Aberglauben, daß es möglich sei, mittels übernatürlicher Kräfte einen Heckrubel zu erhalten, das heißt einen Rubel, der, wie oft man ihn auch ausgäbe, immer wieder heil in die Tasche zurückkehrt. Allein um einen solchen Rubel zu erhalten, muß man zuvor große Ängste ausstehen. Alle kann ich nicht mehr aufzählen, aber ich erinnere mich noch daran, daß man unter anderem eine schwarze Katze ohne die geringsten Flecken nehmen müsse und diese in der Weihnachtsnacht an der Kreuzung von vier Straßen, von denen die eine unbedingt zum Friedhof führen muß, feilzubieten habe.

An einem solchen Ort muß man haltmachen und die Katze so lange zwicken, bis sie miaut, und dabei fest die Augen zudrücken. Und zwar muß man dies alles wenige Minuten vor Mitternacht tun, denn mit dem Schlag der Mitternachtsstunde wird dann jemand kommen, der die Katze erstehen will. Der Käufer wird für das arme Tierchen sehr viel Geld bieten, der Verkäufer jedoch soll unter allen Umständen nur *einen Rubel* verlangen, – nicht mehr und nicht weniger als einen Silberrubel. Nun wird der Käufer versuchen, dem Verkäufer eine größere Summe anzuhängen, allein dieser muß hartnäckig auf dem einen Rubel bestehen, und wenn er dann endlich diesen einen Rubel erhalten hat, muß er ihn in die Tasche tun und fest in der Hand halten, und darauf so schnell als möglich fortgehen und sich nicht umdrehen. Und dieser Rubel eben ist der Heckrubel oder der unausgebbare Rubel, – das heißt, wie oft man ihn auch für einen Gegenstand in Bezahlung gäbe, er kehrt immer wieder in die Tasche zurück. Um zum Beispiel hundert Rubel zu bezahlen, muß man lediglich hundertmal mit der Hand in die Tasche fahren und jedesmal den gleichen Rubel hervorziehen.

Dies ist natürlich ein leerer und unmöglicher Aberglaube; allein es gibt noch heute einfältige Leute, die nur zu bereit sind zu glauben, daß man Heckrubel in der Tat erlangen könne. Und als ich noch ein kleiner Bube war, glaubte ich ebenfalls daran.

2

Es war in meiner Kindheit, die Kinderfrau legte mich in einer Weihnachtsnacht schlafen und erzählte mir dabei, daß in dieser Nacht die meisten in unserm Dorf nicht an Schlaf dächten, sondern entweder Karten schlügen oder sich verkleideten und wahrsagten, und manche würden es unter anderm darauf anlegen, sich einen Heckrubel zu gewinnen. Sie verbreitete sich über das Thema, daß es jenen Menschen, die heute gegangen wären, einen Heckrubel zu erlangen, jetzt wohl sehr greulich zu Mut sein müsse, denn diesen stünde ja bevor, an einem fernen Kreuzwege Auge in Auge dem Teufel gegenüber zu stehen und mit ihm um den Preis einer schwarzen Katze zu feilschen; andererseits freilich stünden diesen auch die allergrößten Freuden bevor... Wieviel wunderschöne Gegenstände könnte man sich wohl für einen solchen nie aussetzenden Rubel kaufen! Und was ich wohl täte, wenn mir ein solcher Rubel in die Hände fiele! Ich war damals erst acht Jahre alt, aber ich war trotz dieses geringen Alters bereits in Orjol und in Kromy gewesen und kannte einige hervorragende Erzeugnisse der russischen Kunst, die von Kaufleuten gelegentlich des Weihnachtsjahrmarktes in unser Kirchspiel geschafft worden waren.

So wußte ich, daß es auf der Welt sowohl gelbe Lebkuchen mit Honig als auch weiße Lebkuchen mit Zukkerkand gäbe, Sirupstangen und Zuckerln zum Lutschen und außerdem ein Naschwerk, das in unserer Sprache als süße Nudeln bezeichnet wurde, es gab auch gewöhnliche Nüsse und geröstete Nüsse, und für einen reicheren Beutel wurden sogar Rosinen und Datteln herbeigeschafft. Außerdem hatte ich Bilder mit Generälen gesehen und eine Menge anderer Gegenstände, die ich keineswegs alle kaufen konnte, da man mir für meine Einkäufe nur einen gewöhnlichen Silberrubel geben würde und keineswegs einen Heckrubel. Aber da beugte sich die Kinderfrau über mich und flüsterte mir zu, daß heuer alles anders werden müsse, denn meine Großmutter besitze einen solchen Heckrubel, und die habe sich entschlossen, ihn mir zu schenken, freilich müsse ich sehr vorsichtig mit ihm umgehen, um dieser wunderbaren Münze nicht verlustig zu gehen, denn sie habe eine zauberische und höchst eigenwillige Eigenschaft.

»Was für eine?« fragte ich.

»Das wird dir die Großmutter sagen. Jetzt aber schlafe, denn morgen, wenn du aufwachst, wird deine Großmutter dir den Heckrubel bringen und dir sagen, wie du mit ihm umgehen mußt.«

Geschmeichelt von diesem Versprechen, bemühte ich mich, augenblicks einzuschlafen, damit nicht das Erwarten des Heckrubels mich zu sehr quäle.

3

Die Kinderfrau hatte mich nicht getäuscht: die Nacht flog wie ein kurzer Augenblick, den ich gar nicht erst richtig bemerkte, vorüber, und schon stand Großmutter mit ihrer großen Haube mit den Tüllfalbeln vor meinem kleinen Bettchen und hielt in ihren weißen Händen eine neue, saubere Silbermünze, geprägt in bester und vollkommenster Qualität.

»Nun, da hast du einen Heckrubel«, sagte sie.

»Nimm ihn und begib dich in die Kirche. Nach der Messe werden wir alten Leute zu Vater Wassilij, dem Geistlichen, gehen, um bei ihm Tee zu trinken, du aber kannst derweilen allein auf den Jahrmarkt laufen und alles kaufen, wonach du Lust hast. Und wenn du einen Gegenstand erstanden, dann fahr mit der Hand in die Tasche und gib den Rubel her, dieser aber wird sogleich aufs neue in deiner Tasche sein.«

»Freilich«, entgegnete ich, »das weiß ich alles schon.« Und preßte selber den Rubel in meiner kleinen Faust und hielt ihn, so fest ich konnte.

Großmutter fuhr fort: »Der Rubel kehrt zurück, das ist richtig. Das ist seine gute Eigenschaft, – und außerdem kann man ihn nie verlieren; andererseits aber hat er noch eine zweite Eigenschaft, die sehr fatal ist: der Heckrubel wird in deiner Tasche so lange nicht ausgehen, solange du nur Gegenstände mit ihm kaufst, die dir oder andern Menschen nötig und nützlich sind; solltest du aber einmal, und sei es auch nur für einen Groschen, etwas völlig Überflüssiges erwerben, so wird dein Rubel im gleichen Augenblick verschwinden.«

»Oh Großmütterchen«, erwiderte ich, »ich bin Ihnen sehr dankbar, daß Sie mir das gesagt haben; doch seien Sie davon überzeugt, daß ich schon nicht mehr so klein bin, um nicht zu begreifen, was auf der Welt nützlich und was unnütz ist.«

Großmutter schüttelte den Kopf und meinte lächelnd, daß sie es dennoch bezweifle; allein ich beteuerte, daß ich sehr wohl wisse, wie man zu leben habe, wenn man so reich sei.

»Vortrefflich«, sagte Großmutter, »trotzdem aber sollst du an das denken, was ich dir soeben gesagt.«

»Seien Sie nur ruhig. Sie werden schon sehen, daß ich zu Vater Wassilij einen Haufen der schönsten Einkäufe bringen werde und daß sich mein Rubel dennoch heil und ganz in meiner Tasche befinden wird.«

»Ich werde mich sehr darüber freuen, – wir werden ja sehen. Immerhin sollst du nicht zu zuversichtlich sein, und denke daran, daß es keineswegs immer so leicht ist, wie du annimmst, das Notwendige vom Überflüssigen und Dummen zu unterscheiden.«

»Würden Sie nicht in dem Fall so gut sein, mit mir auf den Jahrmarkt zu gehen?«

Großmutter willigte ein, allein sie warnte mich zuvor, daß es ihr nicht möglich sein würde, mir dabei Ratschläge zu erteilen oder mich vor Fehlern und Übereilungen zurückzuhalten, denn jener, in dessen Besitz ein Heckrubel sei, dürfe von niemand Ratschläge annehmen, sondern müsse sich von seinem eignen Verstande leiten lassen.

»Oh, mein liebes Großmütterchen«, entgegnete ich, »Sie werden auch gar nicht in die Notwendigkeit versetzt werden, mir mit Rat beizustehen, – ich werde immer nur Ihr Gesicht anschauen und in Ihren Augen lesen, was nötig ist.«

»Schön, dann laß uns gehen!« Und alsbald schickte Großmutter eines unserer Mädel zu Vater Wassilij und ließ sagen, sie werde ein wenig später zu ihm kommen, und so begaben wir beide uns denn auf den Jahrmarkt.

4

Das Wetter war vortrefflich, – ein leichter Frost mit geringer Feuchtigkeit; in der Luft roch es nach weißen Bauernstrümpfen, Lindenbast, Hirse und Lammfellen. Es war eine Menge Volk zusammengeströmt, und alle trugen das Beste, was sie hatten. Die Buben aus den reicheren Familien hatten alle von ihren Vätern für ihre kleinen Ausgaben je einen Groschen erhalten und diese Kapitale bereits auf den Erwerb von tönernen Pfeifchen verwandt, auf denen sie ein ganz vertracktes Konzert aufführten. Die ärmeren Kinder dagegen, die keinen Groschen erhalten hatten, standen vor dem Zaun und leckten sich nur neidisch die Lippen. Ich sah, daß sie ebenfalls den heißen Wunsch hegten, ähnliche Musikinstrumente zu besitzen, um aus ganzer Seele mit der allgemeinen Harmonie zu verschmelzen, und ... ich blickte Großmutter an ...

Tönerne Pfeifchen konnte man nicht gerade als notwendig bezeichnen, und nützlich waren sie schon keineswegs, allein in dem Gesicht meiner Großmutter las ich nicht den geringsten Tadel wegen meiner Absicht, jedem dieser armen Kinder ein Pfeifchen zu kaufen. Im Gegenteil, das gütige Antlitz der Greisin drückte eher eine gewisse Befriedigung aus, die ich als Billigung ansah: und sogleich versenkte ich meine Hand in die Tasche und zog aus dieser meinen Heckrubel hervor und kaufte eine ganze Schachtel solcher Pfeifchen und erhielt sogar noch ein wenig Kleingeld zurück. Als ich dieses in meine Tasche tat, tastete ich mit der Hand und merkte, daß mein Heckrubel heil und ganz war und sich wieder an seinem Platze befand, genau wie vor dem Einkauf. Und doch hatten alle Kinder ihre Pfeifchen erhalten, und selbst die Ärmsten unter ihnen waren plötzlich genauso glücklich wie die reicheren und pfiffen aus aller Kraft, Großmutter und ich aber gingen weiter, und sie sagte zu mir: »Du hast recht gehandelt, denn auch die armen Kinder müssen spielen und lustig sein, und wer die Möglichkeit hat, ihnen zu einer Freude zu verhelfen, der soll stets vor allem bestrebt sein, diese Möglichkeit auszuführen. Fahre denn zum Beweis, daß ich recht habe, noch einmal mit der Hand in deine Tasche und schau nach, wo dein Heckrubel ist.«

Ich fuhr mit der Hand hinein und... mein Heckrubel befand sich in meiner Tasche.

Aha, dachte ich, jetzt habe ich also verstanden, wie die Sache liegt, und kann mutiger vorgehen.

5

Nun begab ich mich zu einem Laden, in welchem Zitz und Tücher feilgehalten wurden, und kaufte für jedes unserer Mädel ein Tüchlein, der einen ein rosafarbenes, der andern ein himmelblaues, für die alten Frauen aber kaufte ich himbeerfarbene Kopftücher; aber noch ein jedes Mal, wenn ich die Hand in die Tasche senkte, um die Bezahlung hervorzuziehen, war mein Heckrubel an seinem Platz. Darauf kaufte ich für die Tochter unserer Beschließerin, die demnächst heiraten sollte, zwei Schnallen aus Karneol und wurde dabei ein wenig unruhig; allein Großmutter zeigte nach wie vor eine gute Miene, und so befand sich denn auch nach diesem Einkauf mein Rubel wohlbehalten in meiner Tasche.

»Für eine Braut gehört es sich, sich zu putzen«, sagte Großmutter, »dies ist ein ereignisreicher Tag im Leben eines jeden Mädchens, und es ist sehr lobenswert, wenn man sie erfreut, – denn wenn der Mensch sich freut, betritt er mutiger den neuen Lebenspfad, und es hängt doch so viel vom ersten Schritt ab. Du hast sehr wohl getan, die bedürftige Braut zu erfreuen!«

Darauf kaufte ich auch für mich selber eine große Menge von Süßigkeiten und Nüssen, in einem anderen Laden aber erstand ich ein dickes Buch ›Der Psalter‹, genau das gleiche, das stets auf dem Tisch unserer Viehwärterin gelegen hatte. Die arme Alte hatte dieses

Buch sehr geliebt, allein zum Unglück war das Buch auch nach dem Geschmack eines Zuchtkälbchens gewesen, das mit der Viehwärterin die Hütte teilte. Das Kälbchen hatte leider viel zu viel freie Zeit gehabt und diese damit verbracht, in einer glücklichen Stunde des Müßiggangs die Ecken sämtlicher Blätter des Psalters abzuknabbern. Somit war die arme Alte des Vergnügens beraubt worden, die Psalmen, aus denen sie für sich selber Trost schöpfte, zu lesen oder zu singen, und jammerte sehr über den Vorfall.

Ich war davon überzeugt, daß ich, indem ich ihr dieses neue Buch an Stelle des verlorenen alten kaufte, keine leere und überflüssige Tat verrichtete, und so war es denn auch: als ich meine Hand in die Tasche senkte, war mein Rubel aufs neue an seinem Ort.

Die Zahl meiner Einkäufe wurde immer größer, und der Rahmen, in dem ich sie vollzog, wurde von mir immer weiter gesteckt, – ich kaufte einfach alles, was meiner Ansicht nach notwendig war, ja, ich kaufte sogar Dinge, die mir schon fast allzu riskant erschienen, so zum Beispiel kaufte ich unserm jungen Kutscher Konstantin einen reichverzierten Hüftgurt und unserm lustigen Schuhmacher Jegor eine Harmonika. Und trotzdem blieb der Rubel da, obwohl ich das Antlitz von Großmutter schon gar nicht mehr betrachtete und den Ausdruck ihrer Mienen nicht mehr befragte. Ich selber war jetzt der Mittelpunkt des Ganzen, – alles blickte mich an, alle folgten mir und sprachen über mich.

»Schaut doch nur unsern jungen Herrn an! Er ist für sich allein in der Lage, den ganzen Jahrmarkt zu kaufen, denn ihr müßt wissen, daß er einen Heckrubel besitzt.«

Ich selber aber fühlte etwas Neues und bis zu jener Zeit mir unbekannt Gebliebenes in mir. Ich wünschte, daß alle sich mit mir beschäftigten, alle hinter mir drein gingen und daß alle von mir sprächen, wie klug ich sei, wie reich und gütig.

Und da wurde es mir unruhig zu Mute und langweilig.

6

Um die gleiche Zeit jedoch näherte sich mir plötzlich, weiß Gott von wo, der dickbäuchigste von allen Jahrmarkthändlern, nahm die Mütze ab und redete mich an: »Ich bin hier der dickste von allen und erfahrener als alle, und mich können Sie nicht täuschen. Ich weiß, daß Sie alles kaufen können, was sich hier auf dem Jahrmarkt befindet, denn Sie haben einen Heckrubel. Wenn man einen solchen hat, ist es kein Kunststück, das ganze Kirchspiel in helles Erstaunen zu versetzen, und trotzdem gibt es dennoch etwas, was Sie nicht einmal mit diesem Rubel kaufen können.«

»Gewiß, wenn es ein unnützer Gegenstand ist, so werde ich ihn natürlich nicht kaufen.«

»Was heißt das ›unnützer‹? Würde ich Ihnen denn davon sprechen, wenn er unnütz wäre? Schauen Sie sich lieber um und beachten Sie, von wem wir umringt werden, obwohl Sie doch einen Heckrubel haben. Sie haben für sich selber nichts als Süßigkeiten und Nüsse gekauft, den andern dagegen eine Unmenge nützlicher Gegenstände, und nun schauen Sie, wie diese Ihre Wohltaten vergelten; schon jetzt haben alle Sie vergessen.«

Ich sah mich um und gewahrte zu meinem äußersten Erstaunen, daß der dickbäuchige Kaufmann und ich allerdings ganz allein dastanden und daß keine Sterbensseele sich in unserer Nähe befand. Großmutter war ebenfalls nicht da, ich hatte sie allerdings schon vorher vergessen, die anderen Jahrmarktbesucher aber hatten sich verzogen und umringten jetzt einen langen hageren Mann, der über seinem Halbpelz eine lange gestreifte Weste trug, die mit glasähnlichen Knöpfen besetzt war, von denen, wenn er sich bewegte und zur Seite wandte, ein schwaches, trübes Flimmern ausging.

Das war alles, was an dem langen mageren Menschen anziehend sein konnte, und dennoch zogen die andern hinter ihm her und gafften ihn an, als wäre er die allermerkwürdigste Naturerscheinung.

»Ich kann nichts Besonderes an ihm gewahren«, sagte ich zu meinem neuen Gefährten.

»Mag sein, allein Sie müssen doch sehen, wie das allen gefällt. Und schauen Sie nur, auch Ihr eigner Kutscher Konstantin mit seinem geckenhaften Gurt folgt ihm, und der Schuhmacher Jegor mit der Harmonika, und die Braut mit den Schnallen, und sogar die alte Viehmagd mit ihrem neuen Buch. Gar nicht erst zu reden von den Kindern mit den Pfeifchen.«

Ich blickte mich um, in der Tat, alle diese umstanden den Mann mit den glasähnlichen Knöpfen, und alle Buben pfiffen auf ihren Pfeifchen seinen Ruhm.

In mir regte sich das Gefühl des Verdrusses. Es schien mir schrecklich kränkend zu sein, und ich fühlte alsbald, daß es meine Pflicht und meine Berufung wäre, mich über den Mann mit den Glasstückchen zu erheben.

»Denken vielleicht auch Sie, daß ich mich nicht über ihn erheben kann?«

»Ja, das denke ich«, entgegnete der Wanst.

»Schön, dann werde ich Ihnen sogleich beweisen, daß Sie im Irrtum sind!« rief ich, lief eilig auf den Mann, der die Weste über dem Halbpelz trug, zu und fragte ihn: »Hören Sie, wollen Sie mir nicht Ihre Weste verkaufen?«

7

Der Mann mit den Glasscherben drehte sich im Sonnenlichte zu mir um, so daß von den Knöpfen auf seiner Weste ein trübes Flimmern ausging, und erwiderte: »Einverstanden, ich bin mit großer Genugtuung bereit, sie Ihnen zu verkaufen, freilich ist sie sehr teuer.«

»Bitte sich deswegen nicht zu sorgen; sagen Sie mir schneller den Preis Ihrer Weste.«

Er aber lächelte verschmitzt und meinte: »Ich kann nicht verhehlen, daß Sie noch sehr unerfahren sind, wie es sich für Ihr Alter gehört, – Sie scheinen nicht ganz zu verstehen, worum es sich handelt. Was meine Weste betrifft, die kostet gar nichts, denn weder leuchtet sie, noch wärmt sie, und darum will ich sie Ihnen gern umsonst geben, aber Sie werden mir einen Rubel für jedes der an die Weste gehefteten Glasknöpfchen bezahlen, denn obwohl diese Knöpfchen ebenfalls weder leuchten noch wärmen können, vermögen sie doch auf einen Augenblick ein wenig zu flimmern, und dieses gefällt allen Leuten sehr.«

»Schön«, versetzte ich, »ich will Ihnen einen Rubel für jeden Ihrer Knöpfe geben. Ziehen Sie schnell die Weste aus.«

»Nein, belieben vielmehr Sie zuvor das Geld aufzuzählen.«

»Auch gut.«

Ich steckte die Hand in die Tasche und zog meinen einen Rubel hervor, allein als ich mit der Hand zum zweiten Male hineinfuhr, da... da war meine Tasche leer... Mein Heckrubel war nicht mehr zurückgekehrt... er war verloren... er war verschwunden... er war nicht mehr da, und dabei schauten alle rings mich an und lachten mich aus.

Ich brach in bittere Tränen aus und... ich erwachte.

8

Es war Morgen; vor meinem Bettchen stand Großmutter in ihrer großen Haube mit den Tüllfalbeln und hielt in der Hand einen nagelneuen Silberrubel, der das übliche Weihnachtsgeschenk bildete, das sie mir bescherte.

Da begriff ich, daß alles, was ich erblickt, sich nicht in Wahrheit, sondern nur im Traum zugetragen, und eilte ihr zu erzählen, aus welchem Grunde ich geweint hätte.

»Dein Traum ist gut«, sagte Großmutter, »besonders wenn du ihn richtig verstehen wolltest. In allen Märchen und Fabeln liegt immer ein besonderer verborgener Sinn begraben. Der Heckrubel, – er ist meiner Ansicht nach jenes Talent, das die Vorsehung jedem Menschen bei seiner Geburt verleiht. Dieses Talent entwickelt sich und wächst, wenn es dem Menschen, der auf dem Kreuzweg von vier Straßen steht, von denen eine ganz augenscheinlich zum Friedhof führen muß, gelingt, Munterkeit und Kraft in sich zu erhalten. Der Heckrubel, daß ist jene Kraft, die der Wahrheit und Tugend zu Nutzen der Menschheit zu helfen hat und worin für einen Menschen mit einem gütigen Herzen und klaren Verstande die allerhöchste Genugtuung steckt. Denn was immer ein solcher für das wahrhafte Glück seiner Nächsten tut, wird niemals seinen geistigen Reichtum vermindern, sondern im Gegenteil – je mehr ein solcher aus seiner Seele schöpft, um so reicher wird diese. Der Mann in der Weste, die er über dem warmen Halbpelz trug, ist die Eitelkeit, denn eine Weste über dem Halbpelz ist nicht nützlich, wie es auch nicht nötig ist, daß die andern uns folgen und uns preisen. Eitelkeit verdüstert den Verstand. Nachdem du einiges erreicht, und zwar sehr wenig im Vergleich mit dem, was du im Besitz dieses nie auszugebenden Rubels hättest erreichen können, warst du bereits hochmütig geworden und hattest dich von mir abgewandt, von mir, die ich in deinem Traum die Lebenserfahrung darstellte. Es war nicht mehr dein vornehmster Wunsch, den anderen Gutes zu tun, sondern du wolltest, es sollten dich alle anschauen und dich preisen. Du wünschtest die völlig überflüssigen Glassplitter zu haben, und so schmolz dein Rubel hin. So gehörte es sich auch, und ich freue mich für dich, daß du eine solche Lehre im Traum erhalten hast. Ich wünschte sehr, daß dieser weihnächtliche Traum in deiner Erinnerung haften bliebe. Jetzt aber laß uns zur Kirche gehen, und dann wollen wir nach der Messe alles das kaufen, was du in deinem Traumgesicht für die bedürftigen Menschen gekauft hast.«

»Mit Ausnahme von einem, teures Großmütterchen.«

Großmutter lächelte nur und sagte: »Gewiß, ich weiß, daß du die Weste mit den gläsernen Knöpfen jetzt nicht mehr kaufen wirst.«

»Nein, und ich will auch die Näschereien nicht mehr kaufen, die ich im Traum für mich selber gekauft.«

Großmutter überlegte eine Weile und sprach dann: »Ich sehe die Notwendigkeit nicht ein, daß du auf dieses geringe Vergnügen verzichten willst, allein... wenn es dein Wunsch ist, mit diesem Verzicht ein viel größeres Glück zu erkaufen, dann... dann begreife ich dich...«

Und plötzlich hielten wir beide uns umarmt und sagten einander nichts mehr, sondern brachen in Tränen aus. Großmutter hatte ja erraten, daß ich beschlossen hatte, all mein kleines Geld an diesem Tage nicht für mich auszugeben. Und als ich meine Absicht dann wirklich ausgeführt, erfüllte sich mein Herz mit einer Freude, wie ich sie bis dahin noch nie verspürt hatte. In dieser Einbuße kleiner Vergnügen zum Wohle der anderen empfand ich zum erstenmal das, was die Menschen mit dem hinreißenden Wort *das volle Glück* bezeichnen, den Zustand, da man wunschlos geworden ist.

Und so kann ein jeder in seiner gegenwärtigen Lage versuchen, mein Experiment zu wiederholen, und ich bin überzeugt, daß er in meinen Worten keine Unwahrheit, sondern die aufrichtigste Wahrheit finden wird.

Die Tagediebe

In einem Nachtquartier, das an der alten Poststraße lag, hatte sich eine solche Menge von Leuten angesammelt, daß schließlich jeder Platz in dem geräumigen Hause besetzt war. Es waren Reisende zu Pferde und Reisende zu Fuß, Schneider und Schnitter, verwegene Hausierer und schließlich auch Handlanger, die die Straße auszubessern hatten. Draußen war es frostig, so daß alle, die vom Hofraum hereinkamen, zunächst einmal zum Ofen krochen und erst darauf einen Platz suchten, der ihre Unterkunft bilden sollte, wobei ein jeder froh war, wenn er nur ein Fleckchen erwischte. Das allgemeine Gespräch hielt sich anfangs im Rahmen solcher Dinge wie Mißernten und Abgaben, aber nach und nach kam man auf ›göttliche Geschicke‹ zu sprechen. Man sprach davon, wie Gott es dem Joseph sieben Jahre vorher eröffnet, daß über Ägypten eine ›Mißernte fallen‹ würde, und warum er jetzt nichts dergleichen mehr täte; denn jetzt lebten die Menschen unbesorgt dahin und ahnten kein Unheil über sich, und dabei war es doch schon da und stand jählings auf! Und nun begann ein jeder seine Weisheit auszukramen, aber schließlich gelang es einem Mann vom Ofen herab die Aufmerksamkeit aller mit einem Male zu fesseln; er sagte folgendes: »Da meint ihr wohl, daß, wenn uns kundgetan würde, daß ein Unheil im Anzug sei, wir das Unheil abwenden könnten?«

»Nun, versteht sich.«

»Ganz verkehrt! Gibt es vielleicht wenig Dinge, die klar vor aller Augen liegen und abgewendet werden müßten und die man dennoch nicht abwendet.«

»Was denn, zum Beispiel?«

»Na das zum Beispiel: was ist wohl klarer, als daß es eine große Überzahl von armen und unglücklichen Menschen gibt und daß, solange dieser so viele sind, keiner je ruhig wird leben können; aber hierüber freilich denkt niemand nach.«

»Das ist es ja! Wenn uns das kundgetan worden wäre, sicher, wir hätten uns gebessert.«

Allein jener auf dem Ofen entgegnete: »Wir hätten uns ganz und gar nicht gebessert: es handelt sich gar nicht darum, daß so etwas prophezeit wird, sondern um den gesunden Verstand. Dem gesunden Verstand will man nicht folgen; und wenn auch solch eine Vorhersagung eintreffen sollte, so wird sich niemand ihrer erfreuen.«

Man fragte ihn, ob er nicht ein Beispiel einer solchen Weissagung anzugeben wüßte, und sofort begann er zu erzählen.

»Ich bin nämlich schon ein alter Mann, ich stehe schon im siebenten Jahrzehnt. Der erste große Hunger, an den ich mich erinnern kann, war sechs Jahre bevor die Unsern gegen den Ungar zogen, und zwar kam es damals in unserem Dorf zu einer Wunderlichkeit.«

An dieser Stelle wurde er durch die überflüssige Frage unterbrochen, von wo er herkomme?

Schnell, aber unlustig warf der Erzähler ein: »Aus dem Dorf Tagdiebern. Kennst es, was?«

»Nicht einmal gehört.«

»Nun, dann hör zu, was bei uns in Tagdiebern geschehen ist; und gib fein acht, damit bei euch in eurem Dorf nicht gar etwas Gleichartiges geschieht. Und jetzt schweigt, bis ich zu Ende bin: mein Sprüchel ist nicht lang.

Das Erstaunliche bei uns war, daß ringsum in der ganzen Nachbarschaft überhaupt kein Korn wachsen wollte, während unsere Felder dagegen wie ein hohes Inselchen zum Himmel ragten, – Gott hatte uns eine mittlere Ernte beschert. Die anderen Leute jammerten, wir aber dankten Gott und sagten: Ruhm Dir, oh Herr! Und wollten keineswegs darüber nachdenken, daß uns vielleicht die Nachbarn bedrängen könnten. Die Nachbarn aber beneideten uns freilich; sie sagten von uns: ›Ihr seid Gottes Lieblinge: uns straft Gott, ihr aber seid in Seiner Gnade.‹ – ›Zu welchen Märtyrern habt ihr gebetet und welchen Wundertätern Gelübde geleistet?‹ Bei uns aber blies sich ein jeder auf, daß wir in der Tat in Gottes Gunst hoch stünden: wir mähten und ernteten, wir fuhren das Korn ein und schütteten es in die Darre und droschen es schließlich auf der Tenne ... Das prasselte euch den lieben langen Tag! Und zugleich fing auch schon der Mutwillen bei uns an: Schlachtvieh wurde abgestochen, das erste Korn den Popen dargebracht, Dünnbier wurde gebraut, und die Bauern wollten immer nur noch Schnaps trinken, und die Weiber dachten vom frühen Morgen an: ›Vielleicht könnte man ein Milchbrötchen backen, vielleicht einen Fladen!‹ Und so aßen wir denn und tranken wir denn zu unserem eignen Schaden mehr als nötig war. In den anderen Dörfern ringsherum, da mußten sie sich mit Spreu und Ölkuchen plagen, wir aber konnten zu unserer Lust sagen: ›Wir sind ja nicht schuld daran, daß bei den andern Hunger herrscht. Wir haben auf ihren Feldern keinen Frevel getrieben, ja, wir haben sogar mit den andern im Frühling auf den Feldern den Gottesdienst abgehalten, und nun hat Gott unsere Gebete erhört und uns eine gute Ernte gesandt, jene aber hat Er nicht begnadigt. Alles liegt in Seiner Hand: der Herr ist gerecht; wir aber wollen unsere Nachbarn nicht verlassen und keineswegs ihnen gegenüber die Stolzen spielen; im Gegenteil, wir wollen ihnen mit Überresten beistehen.‹ Und freilich kamen ja auch unsere Nachbarn tagtäglich und unaufhörlich zu uns und kamen und kamen, und je länger es währte, desto mehr, und sie fielen uns wahrhaftig sehr zur Last. Es kam so, daß man, von der Straße ganz zu schweigen, schon kaum mehr in der eignen Hütte ruhig sitzen konnte, denn den lieben langen Tag hörte man ja nichts anderes als die Hungrigen ihr Jammersprüchlein plärren: ›Got–tes Lieb–ling–e! Erbarmt euch und gebt ein heiliges Almosen. Um Christi willen!‹ Na schön, einmal geben und zweimal geben, das ging noch hin, aber dann klopfte man schließlich ans Fenster und sagte nur noch: ›Gott wird es euch geben, ihr Lieben! Nichts für ungut!‹ Was tun? Zugegeben, daß wir ›Gottes Lieblinge‹ waren, aber selbst, wenn man ihnen fünf große Rundbrote in Schnitten gegeben hätte, es wäre dennoch unmöglich gewesen, alle zu sättigen! Wenn man aber so einen vom Fenster fortgeschickt hatte, dann folgte dem auf dem Fuß ein neues Unheil, denn dann schämte man sich vor sich selber, das Brot zu schneiden... Ja ja, das ist klar, wie es gar nicht klarer sein kann, der Herr selber hat es in jedes Herz gesenkt, daß man niemand fortschicken darf, sondern es anders machen muß, und bevor man das so getan, wie es sich gehört, ist kein Gedanke daran, in Ruhe leben zu können.

Man sollte meinen, daß das zu begreifen gewesen wäre, und doch wurde es nicht begriffen; und es kam damals wohl auch ein Verkündiger, – allein er wurde verjagt.«

Bei diesen Worten ging ein Raunen durchs ganze Haus: ›Horcht nur, Brüder, horcht hin!‹

Der auf dem Ofen Liegende fuhr fort: »Unsere hungrigen Nachbarn waren eine solche Last für uns geworden, daß wir gar nicht mehr aus noch ein wußten, denn wie wir ihrer Not abhelfen sollten – davon hatten wir keine Ahnung. Nun lebte in unserm Dorf ein Waldhüter, Fedoß Iwanow, ein großer Bücherwurm, der trefflich in alle Dinge einzudringen verstand. Dieser begann da zu sprechen: ›Es ist nicht gut, Brüder, daß wir so gefühllos dahinleben! Was man auch sagen möge, wir sind hartherzig: wir sind zwar bereit, den Notleidenden eine Kruste hinzuwerfen – als ob das eine Tugend wäre –, für uns selber aber müssen wir immer etwas Neues haben: bald einen Fladen und bald ein Milchbrötchen. Ach, auf diese Weise leben wir nicht nach Gottes Geheiß! Ach, wenn es nach Gottes Wort ginge, so müßten wir jetzt in größter Einschränkung leben, um möglichst wenig für uns selber zu brauchen und möglichst viel den Notleidenden geben zu können. Dann könnte es wohl geschehen, daß eine Leichtigkeit in der Seele aufleuchte, so aber, um es grade herauszusagen, hat man ja Not, Luft zu bekommen! Aus dem Unverstande kommt Finsternis, wenn man aber dann nachdenkt und sich selber bei klarem Licht betrachtet, dann steigen einem solche Gewissensbisse auf, daß man gar nicht mehr weiß, welche Qual eigentlich die schwerere ist, und bereit ist zu beten: töte mich, oh Herr, mit einem Schlage.‹

Ich sagte schon, daß Fedoß belesen war und daß alles bei ihm auf menschliche Betrachtungen hinauslief, das heißt, was der Mensch zu tun habe... in seiner Allgemeinheit... Sozusagen, wie wenn einem nur ein Finger weh tut – und dennoch ist der ganze Körper unruhig. Aber dieses Wort unseres Fedoß gefiel den Spielern und Spaßmachern in Tagdiebern nicht. Er pflegte auch unter anderem zu sagen: ›Ehrenwerte Greise und junges Volk, ihr sollt an meinen Worten kein Ärgernis nehmen, denn meine Worte, die habe ich mir nicht selbst ausgedacht, sondern habe sie von einem andern genommen; aber überlegt nur selber: mit Unrecht denken die, welche Feste feiern wollen, wenn vor ihrer Schwelle andere Menschen Not leiden, daß sie damit keinem zur Last fallen – sie säen Neid und werden dadurch zu Gottes Widersachern. Denn jetzt, Brüder, ist es Zeit, mit den Leidenden zu leiden, und nicht Zeit, zu feiern, Schnaps zu trinken und ein Küchlein dazu zu essen.‹

Wegen dieser Worte sahen die Greise scheel auf Fedoß, die jüngeren aber schnatterten alsbald zur Antwort: ›Was predigst du, Onkel Fedoß, in einem fort! Solltest du gar ein Pope sein, ein ungeschorener? Selbst unser Pope hat uns mit solchen Reden verschont. Wenn Gott uns schon solchen Segen beschert hat, daß wir was zu essen haben, warum sollen wir uns nicht darüber freuen? Denn auch das Essen und Trinken geschieht ja zur Ehre Gottes: wir essen's auf und trinken darauf, und stehen auf und bekreuzigen uns drauf: Dank sei Dir, oh Herr! – Was willst nun du mit einem Male?‹

Fedoß nahm diese Rede nicht krumm, und er wußte auch, was er zu antworten hatte: ›Ihr Unvernünftigen! Was ist das wohl für eine Ehre? Damit werdet ihr keine Ehre einlegen, daß ihr Fladen freßt, bis ihr platzt, wo doch die Leute rings Rinden würgen müssen! Und dabei könntet ihr Christus viel größere Ehre erweisen, damit alle sähen, daß ihr Ihm gehorsam seid. Denn es gibt ja ein Wort von Ihm, an uns Menschen gerichtet: – Mögen alle wissen, daß Ihr meine Jünger seid, so ihr nur Liebe untereinander habt!‹

Allein Fedoß erreichte nicht nur nichts, sondern bekam von allen kurz und bündig Grobheiten zu hören, am meisten aber muckte seine eigne Enkelin Mawrutka gegen ihn auf – sie allein war ihm von allen übriggeblieben, und mit ihr allein bewohnte er seine Hütte, und dennoch bot sie ihm stets in allem Trotz: sie war halt so ein Quirl und hörte nie auf Fedoß und war sogar häufig frech gegen ihn.

›Du bist eben schon sehr alt‹, konnte sie sagen, ›und willst immer nur allen Angst machen, weil keine Spur von Fröhlichkeit in dir ist. Du bist allen mit deinem ewigen ›Gott‹ und ›Gott‹ bis zum Halse! Das alles haben wir schon oft in der Kirche gehört und uns dabei bekreuzigt und uns verneigt, und nun wollen wir eben etwas Lustiges!‹

Dann entgegnete er ihr: ›Das ist nicht gut, was du da sagst, Mawra! Gott muß man immer vor Augen haben, denn so wie Er an allen Orten weilt, spricht Er auch zu dir vernehmlich, was dir gut sei und was nicht recht wäre.‹

Das Mädel aber hatte nichts als Widerreden über Widerreden auf diese Worte, und so endete es noch ein jedes Mal damit: ›Du bist halt ein einfacher Bauer und kein Pope, und ich brauche dir nicht zu folgen.‹

Dann gab er zur Antwort: ›Richtig, ich bin ein einfacher Bauer und dräng mich auch gar nicht unter die Popen. Du aber brauchst nicht zu untersuchen, was ich für einer bin, sondern sollst dich nur an meine Worte halten. Die sind aufs Gute gerichtet und gehen auf Mitleid aus.‹

Allein seine Enkelin antwortete: ›Schon gut; aber wenn man jung ist, soll man nicht zuviel Mitleid haben; in der Jugend soll man sein Glück probieren.‹

Und dann konnte Fedoß nur noch sagen: ›Da kann man nicht helfen – du wirst es probieren, aber auch das wird dich nicht auf immer sättigen.‹

Ja, so war es, wo immer auch Großvater Fedoß mit den andern zusammenkam, stets waren alle gegen ihn; er aber fuhr fort zu lehren, daß man in der Stille leben müsse, ohne Lärm und Geräusch, und konnte doch niemals mit den Leuten übereinkommen, mit Mawrutka jedoch gab es, als die Feiertage heranrückten, häuslichen Unfrieden; sie bedrängte ihn: ›Großväterchen, ich brauche Mehl zum Sieben, ich will einen Fladen backen!‹ Aber das wollte er nicht und entgegnete: ›Iß nur gebeuteltes Brot, du sollst dich nicht vor den andern hervortun.‹

Da ärgerte sich Mawra: ›Gott selber‹, sagte sie, ›hat uns hervorgestellt, und da willst du einen immerfort noch quälen!‹ Fedoß erwiderte: ›Ach, Dummchen! Es weiß noch keiner, weshalb ihr eigentlich so ausgezeichnet worden seid; vielleicht gar nicht zu eurer Lust, sondern zu einer Lehre.‹

Bei einem solchen Gespräch war es, daß Mawra sich eines Tages so über Fedoß erzürnte, daß sie ihn geradezu anschrie: ›Gott verhüte, daß ich mit dir lange zusammenleben muß; wenn du doch sterben wolltest!‹

Allein auch hierüber wurde Fedoß nicht zornig. ›Was ist schon dabei!... Eine Kleinigkeit! Wart nur, ihr werdet mich bald genug beerdigen; vielleicht werdet ihr dann an mich denken.‹

Die jungen Leute brachen in ein Gelächter aus: ›Freilich, was du alles haben willst! Ausgerechnet an dich alten Brummer werden wir denken!‹ Aber auch die Greise, jene, die er als ›ehrenwert‹ bezeichnet hatte, stellten sich nicht auf seine Seite, sondern pflegten ebenfalls zu sprechen: ›Was überhebt er sich? Er will wohl besser sein als alle andern in Tagdiebern! Als kennten wir ihn nicht zur Genüge; haben wir nicht mit ihm gemeinsam Schnaps getrunken, mit ihm gemeinsam mit den Weibern den Reigen getanzt? – nur nicht immer so groß tun!‹

Das hörten die jungen Leute und waren's froh, und manch ein Mutwilliger konnte sich ihm nähern und sprechen: ›Großvater Fedoß!‹

›Was willst?‹

›Hör mal, was die alten Männer von dir reden!‹

›So! Na dann erzähl's mal, laß hören.‹

›Sie sagen ... du wärest ... Ich schäme mich, es wiederzuerzählen!‹

›Nun, was denn? ... was denn? Es ist doch nicht an dir, dich zu schämen!‹

›Als du noch ein junger Mann gewesen ...‹

›Ja, da war ich ein rechter Unflat! ... Damals, Brüder, hatten wir keine Schulen! Schlachtfelder hatten wir, aber keine Schulen.‹

›Es wird erzählt, du hättest einer Soldatenfrau Näschereien gebracht!‹

›Und schlimmer als das, Brüder, Schlimmeres hab' ich angestellt. Gott sei Dank, vieles davon ist schon vergessen... Gott hat es mir, scheint's, verziehen, aber... die Menschen wissen es noch immer. Nicht wie ich, Brüder, sollt ihr leben, sondern ihr sollt auf eine bessere Art leben, damit euch die Leute später nichts Schlimmes nachzusagen wissen.‹

Wir aber, von Mal zu Mal in immer größere Irrtümer fallend, wurden zum Schluß, Brüder, von einer solchen Unzucht ergriffen, daß uns die Milchbrote und die Fladen zu wenig schienen und wir Vergnügungen und Spiele dazu haben wollten. So kamen wir denn überein, hinter dem Rücken der Älteren uns möglichst wunderlich herauszuputzen, als Teufel und Bären und die Mädel als Zigeunerinnen, und darauf zur Wirtschaft zu springen, die jenseits des Flusses lag, und dort unsere Späße zu treiben. Das brachte Fedoß in Erfahrung und brummte darüber: ›Ach, ihr Sittenlosen!‹ sagte er, ›dann gedenkt ihr wohl mit euren Liedern an den Hungernden vorüberzuziehen und sie dadurch zu ärgern? Hör einmal, Mawra, dazu versage ich dir die Erlaubnis!‹ Da umringten wir alle Fedoß, um für sie die Erlaubnis zu erbitten: ›So erlaub ihr's doch, Fedoß Iwanowitsch, warum willst du sie ewig schmachten lassen!‹

Allein er entgegnete: ›Geht weg, ihr Hohlköpfe! Wie kann man das als ein Schmachtenlassen bezeichnen, wo ich doch nur nicht zulassen will, daß ein Mensch sich zum Narren macht!‹

›Ja ja, so bist du immer: du verlangst von allen eine Überweisheit!‹

›Keine Überweisheit‹, versetzte er, ›ich verlange nur, was der Herr selber geboten hat – auf den Nächsten Rücksicht zu nehmen: ist dein Nächster in Not, so sollst auch du nicht tanzen.‹

›Wird es denn etwa dadurch für den Nächsten schlimmer?‹

›Versteht sich – führe du ihn nicht in Versuchung, und laß auch nicht untergehen in dir selber die Weisheit des Verstandes.‹

›Daß du immer wieder mit solchen Gelehrsamkeiten kommen mußt! Das ist wirklich lästig geworden. Und dabei hast du doch sicherlich, als du jung warst, nicht so dahergeredet, sondern bist munter gewesen wie alle andern.‹

›Nun, und was macht das?‹ erwiderte Großvater Fedoß. ›Ich habe schon oft genug eingestanden, daß ich in meinen jungen Jahren viel Dummheiten angestellt habe, aber geht daraus vielleicht hervor, daß ich euch jetzt raten muß, Schlimmes zu tun, statt Gutes zu treiben! Ach, über euch Unkluge! Mit dem Trunkenen muß man nämlich nicht dann sprechen, wenn er trunken ist, sondern wenn er sich ausgeschlafen hat. Als ich jung war, bin ich von manch einem Räuschlein trunken gewesen, jetzt aber habe ich, gelobt sei Gott, mich ausgeschlafen. Wenn ich aber andererseits nicht der sündige Mensch wäre, der ich bin, sondern ein Gerechter, dann würde ich ja wahrscheinlich auf eine ganz andere Manier mit euch sprechen: dann würde ich euch wahrscheinlich gerade heraus sagen: das verbietet euch Gott, und Seine Strafe wird deswegen über euch kommen!‹

Wegen dieses Wortes stand alles gegen Fedoß auf.

›Nein, nein!‹ schrieen sie. ›Was krächzest du da wie ein Rabe! Das hast du dir alles glatt ausgedacht! Von Fröhlichkeit wird sogar in den Kirchen gesprochen. König David hat sowohl gespielt als auch getanzt, und ist etwa auf der Hochzeit wenig Wein getrunken worden? Du sollst uns nichts aufzwingen – das ist keineswegs für uns verboten. Und wenn es wirklich die Absicht des Herrn wäre, die Leute auf eine andere Bahn zu bringen, dann hätte Er wohl nicht dich gesandt, sondern einen besonderen Boten und Verkündiger.‹

Fedoß gab sich große Mühe, ihnen einzuhämmern, daß es nicht an uns sei, zu beurteilen, welchen Boten Gott aussende, sondern daß das Wort des Herrn ein geistlich Ding sei und seinen Samen ausstreue, durch wen immer es zu den Menschen dringe, und daß man den, der im Sinne Gottes spreche, anhören müsse und nicht erst auf expresse Boten warten solle. Denn es könnte leicht so kommen, daß wenn ein ›Expresser‹ aufträte, niemand ihn verstehen würde.

Wenn auch alle mit dem Großvater stritten, so scheute sich doch ein jeder, offen gegen seine Worte zu handeln; wenn wir auch bei der Erinnerung daran, was die Alten von der Soldatenfrau erzählten, Fedoß scheinbar weniger respektierten, konnten wir uns andererseits nicht verhehlen, daß er schon längst zu einem gerechten Mann geworden war, und dann mußten wir uns vor Fedoß schämen. Daß er vor Zeiten ein Sünder war, es ist wahr, er war ein Sünder, aber nun hatte sich doch schon längst alles gesetzt, und er selber war zum Guten übergegangen! Einerseits wollten wir durchaus unsern Willen durchsetzen, aber andererseits schämten wir uns. Und so verbargen wir denn unsere Absichten und trafen insgeheim die Verabredung, uns am Abend vor dem Weihnachtstage im Getreidespeicher zu versammeln und dort in der Ecke im Stroh versteckt aufeinander zu warten, um dann verkleidet in hellen Haufen zu dem Schenkwirt zu gehen. Wußten wir doch, daß es beim Wirt ein Fest geben würde, wie es sich gehörte: er hatte einen Ochsen um die Ecke gehen lassen, drei Schweine abgestochen und außerdem zwei Faß Dünnbier gebraut. Dort wollten wir also hingehen, uns toll und voll saufen und fressen, die Mädel aber mochten auf dem Heimwege sehen, wo sie blieben.

Ja, solch vortreffliche Absichten waren im Umlauf!

So waren wir denn jetzt sehr geschäftig: wir mußten verschiedenartige Kleidungsstücke herbeischaffen und sie an geheimen Plätzen verbergen. Und lebten dabei ständig in der Angst, daß unsere hungrigen Nachbarn uns dabei beobachten und unser verborgenes Gut stehlen könnten.

Bis zum Heiligabend hatten wir ihnen immer noch Bissen gespendet, am Tage vorher aber sprachen unsere Weiber und Mädel zu ihnen: ›Hört mal, ihr Bedürftigen! Daß ihr es morgen nicht wagt, hierherzukommen, denn morgen werden wir uns in den Badestuben waschen und mit den Beilen die Bänke abschaben. Morgen haben wir für euch nichts übrig. Richtet euch eben ein, so gut ihr's wißt.‹

Mawrutka wollte ihren Putz erst dann in den Getreidespeicher tragen, wenn Großvater Fedoß in den Wald gegangen war; als sie alles, was nötig war, in der Hütte gescheuert und saubergeschabt hatte, schaute sie durchs Fenster und sah, daß es draußen ein naßkaltes Schneegestöber gab, das einem ordentlich den Atem verschlug. Da dachte Mawrutka: ›Ich will schnell hinspringen, sonst kommt mir noch Großvater auf den Hals!‹

Allein, kaum hatte sie die Tür geöffnet, und kaum hatte ihr der nasse Schnee ins Gesicht gepeitscht, da sah sie dicht vor sich auf einem Mühlstein an der Schwelle ein Bettelkind sitzen, das sehr eigenartig schien: das

Kind hatte ein feines Gesichtchen, seine ganze Kleidung aber bestand nur aus einem zerrissenen Kittelchen, das auf den Schultern große Löcher hatte, die mit Stroh ausgestopft waren, ganz so, als wären dort abgebrochene Flügelchen in Stroh gehüllt und befestigt.

Da ärgerte sich Mawrutka über das Kind.

›Was willst du‹, sagte sie, ›was soll das, daß du an einem solchen Tage hergekommen bist? Daß euch doch alle die Pest –!‹

Das Kind aber stand da und schaute sie mit seinen großen Augen an.

Da sprach das Mädel: ›Was starrst du mich mit deinen Glotzaugen an? Marsch, fort!‹

Das Kind aber stand immer noch da.

Da drehte Mawrutka es um und stieß es fort: ›Marsch, in den Sumpf!‹

Und lief selber fort und spürte keinerlei Unruhe in ihrer Seele, denn es war ja doch jenen gesagt worden, daß sie an diesem Tage nicht zu kommen hätten – was schleppte es sich da her!

So lief Mawra denn zum Speicher und dort direkt in die entfernteste Ecke und versteckte in dieser im trokkenen Stroh ihren ganzen Putz; als sie sich aber wieder aufrichtete, um zurückzugehen, sah sie, daß dasselbe ›glotzäugige‹ Kind auf der Torschwelle stand.

Mawrutka geriet in hellen Zorn.

›Du Rotznase‹, sagte sie, ›du spionierst mich wohl aus, um mein Eigentum zu stehlen! Das werde ich dir abgewöhnen!‹ Und schleuderte einen schweren Dreschflegel auf das Kind, einen Dreschflegel, der das Kind sofort hätte töten müssen, Gott aber war gnädig – er flog vorbei, worüber sie freilich in noch größere Wut geriet und hinter dem Kinde herlief. Dieses aber hatte sich entweder hinter einer Ecke versteckt, oder es war vor Furcht in eine Getreidedarre geschlüpft, jedenfalls fand Mawra es nicht und ging schnell nach Hause, um früher da zu sein, noch ehe Großvater Fedoß aus dem Walde heimkäme, und war dabei voller Angst, als stünde ihr irgendein Unheil bevor oder als würde sie von jemand verfolgt.

Je schneller sie aber lief, desto mehr sank ihr der Mut, und zudem schien ihr noch jemand vor ihrem Hause zu sein...

Mawrutka schaute schärfer hin: konnte es möglich sein, daß das glotzäugige Kind wieder dort war?...

Ein gleichaltriges Mädel ging, einen Eimer tragend, an ihr vorüber und fragte sie: ›Was hast du? Hast du dir am Ende den Fuß verrenkt?‹

Aber Mawrutka winkte ihr nur zu und fragte sie: ›Hör mal, kannst du unser Haus von hier aus sehen?‹

›Das kann ich.‹

›Sag mal, was sitzt da vor unserm Haus unterm Fenster auf dem Bänkchen?‹

›Na, Großvater Fedoß doch . . .‹

›Solltest du vielleicht plötzlich hühnerblind geworden sein?‹

›Wieso denn! Wo ich ihn doch ganz klar sehe, wie seine Hände in Fäustlingen stecken und wie er sich auf die Krücke stützt und etwas schleppt. Schwer plagt ihn soeben der Husten . . .‹

›Siehst du dort nicht auch einen glotzäugigen Balg?‹

›Ein glotzäugiges Kind ging heute im Dorf von Tür zu Tür, jetzt aber ist es futsch . . .‹

Da sagte ihr Mawrutka, daß sie noch soeben das glotzäugige Kind gesehen und daß dieses ausspioniert habe, wo sie ihren Putz versteckt hätte.

›Und jetzt‹, sagte sie, ›meine ich immer, daß dieses Ekel meinen Putz finden und stehlen wird.‹

›Lauf hin und versteck ihn woanders!‹

›Richtig, ich will hinlaufen!‹

Und fühlte dabei doch selber, daß es ihr jetzt im Speicher nicht mehr ganz geheuer sein würde.

Nach Hause gekommen, machte Mawra es dem Großvater wieder nicht recht, so daß er zu ihr sprach:

›Du hast dir wahrscheinlich in den Sinn gesetzt, deinen Kopf durchzusetzen. Aber gib acht, daß dabei kein Unglück entsteht!‹

Sie erwiderte: ›Du wirst mich nicht zurückhalten!‹

›Warum mit Gewalt zurückhalten . . . ist nicht notwendig . . . Aber sag mal, was gefällt dir denn dabei so gut? ... Wenn ihr heimgeht, paßt auf, daß euch die Jungens nicht noch etwas antun.‹

›Da krächzt er, schon wieder krächzt er! Wir fürchten keinen, und dort wird es ein Fest geben, wie es sich gehört – sie haben einen Ochsen geschlachtet und drei Schweine und mit Malz ein Dünnbier gebraut...‹

›Schau an, was alles für Verrücktheiten vorbereitet worden sind! Gebraut und geschlachtet...‹

›Dir tun wohl gar die Schweine leid!‹

›Ein Rabe sogar, auch der täte mir leid; sogar wegen seines Köpfchens kümmert sich eine höhere Vorsehung...‹

›Wegen des Rabenköpfchens?‹

›Ja!‹

›Vorsehung?‹

›Ja!‹

›Pfui!‹ Mawra spuckte laut aus.

Der Großvater sagte: ›Warum spuckst du?‹

›Ich spucke auf deine Worte.‹

›Auf meine kannst du spucken, aber sei nicht frech zum Hausherrn.‹

›Den brauche ich eben nicht.‹

›Schau mir einer an!‹

›Natürlich!... Mag er fremden Pferden die Mähnen zausen.‹

›Was schwatzest du da, Törin! Wo ich doch zu dir von Dem spreche, für Den wir alle arbeiten müssen.‹

›Ich aber kann das nicht begreifen und will es nicht.‹

›Was – arbeiten?‹

›Gewiß.‹

›Und wirst es müssen. Denn nicht alle arbeiten aus freiem Willen, es werden manche dazu gezwungen. Und so wirst auch du arbeiten müssen.‹

Trotz ihres Zornes mußte Mawra lachen und entgegnete: ›Hör auf, Großvater, wahrhaftig, man kann sehen, daß du von Sinnen bist!‹

Da sah sie der Großvater nur an und erwiderte: ›Der Herr sei mit dir, du gescheites Mädel!‹ und kroch selber auf die Ofenbank; sie aber ergriff seine Laterne mit der Kerze darin, verbarg sie und eilte hastig zum Speicher, um ihren Putz anderswo zu verstecken.

Im Speicher war es bereits dunkel, und es drang von allen Seiten die Furcht auf sie ein und mit dieser das Grauen: es packte sie geradezu an den Schultern und verwirrte ihr die Beine. Sie dachte: ich will schnell das Licht anstecken, dann werde ich mehr Mut haben; sie strich mit dem Zündholz einmal und noch einmal, und da war ihr, als flöge etwas dicht an ihrem Gesicht vorüber. Endlich hatte sie die Laterne angesteckt und bekreuzigte sich, aber kaum war sie in die Ecke gelangt, in der sich das Stroh befand, da flog von der einen Seite ein kleines Vöglein zu ihr heran und von der anderen ein anderes, ganz so, als wollten sie es ihr nicht erlauben!

Und plötzlich erkannte sie, daß ihr dies nicht nur so vorkam, sondern daß es in Wahrheit so war: die kleinen Spatzen kamen von irgendwoher hier zusammen und flatterten ins Licht und fielen aufs Stroh und saßen dort mit gesträubtem Gefieder und schauten sie an...

›Ich will es schnell herausreißen und fortlaufen‹, dachte Mawra und begann hastig mit beiden Händen im Stroh zu wühlen, plötzlich aber bewegte sich etwas unter ihrer Hand und krabbelte... Sie griff fester zu, und plötzlich fiel noch ein Spatz herab und flatterte und zwitscherte... ›Pfui Teufel, was suchst du da? Verdammter!‹ Und griff ihn und riß ihm den Kopf ab und hatte dabei nicht bemerkt, wie sie, wild vor Wut, die Laterne umgeschmissen hatte und wie durch diese mit einem Mal das ganze Stroh Feuer faßte; aus dem Stroh aber, aus dem Haufen – was sagt ihr wohl dazu! – erhob sich plötzlich jenes selbe glotzäugige Kind und hatte Blutstropfen auf der kleinen Stirn.

Da freilich vergaß Mawra alles und stürzte fort, das Feuer aber fegte mit dem Sturm durch das ganze Dorf und legte in einer Stunde alles in Asche, wofür wir gelebt und womit wir geprahlt...

Schlimmer war es nun um uns bestellt als um jene, die uns vormals zur Last gefallen waren, denn nicht nur war unser ganzes Korn verbrannt, sondern wir hatten nicht einmal mehr Schlupfwinkel, in denen wir hausen konnten, und mußten daher nun unsererseits zu unsern

Bettlern gehen und diese anflehen, ob wir nicht bis zu den warmen Tagen bei ihnen wohnen dürften.

Bei jenem Feuerschaden hatte sich Großvater Fedoß am ganzen Leibe versengt und stand nicht mehr auf; trotzdem aber blies er immer noch ins gleiche Horn und sagte den andern als Trost: ›Macht nichts‹, sagte er, ›was Gott sendet, ist alles gut. Da wir noch Gottes Lieblinge waren, da hatten wir uns freilich ganz vergessen und wollten nichts, als unsere Narreteien ausführen, jetzt aber wird uns der Herr wieder auf einen besseren Weg bringen.‹

Und starb mit diesen Worten, – mit eben diesem Glauben!

Was das aber für ein Kind war und von wo es gekommen und wohin es beim Feuerschaden geraten war, das hat nachher niemand in Erfahrung bringen können, und so begann man denn zu sprechen, es sei ein Engel gewesen, und wir seien deshalb bestraft worden, weil wir so gefühllos mit ihm gewesen waren.

›Gleichviel‹, hatte schon Fedoß gesagt, ›was das auch für ein Kind gewesen sein möge, – ein armes Kind ist immer Gottes Bote, denn es dient dem Herrn, wenn Er unsere Herzen kennenlernen will...‹ So gebt denn auch ihr alle fein acht, denn es kann einem jeden von euch geschehen, daß er einmal einem solchen Boten begegnet!«

Nachbemerkung

Nikolai Leskow (1835–1891) war ein vielseitiger und unbequemer Schriftsteller, der in seinem Prosawerk, unbeirrt durch eine geringe Resonanz bei seinen Lesern und in der Kritik, die vehementen Konflikte zwischen der unterprivilegierten Landbevölkerung Rußlands, dem Adel und den Stadtbewohnern schilderte. Er war einer der ersten Autoren, die die russische Wirklichkeit schonungslos beschrieben haben: die Studentenunruhen, die Bauernaufstände, die Leibeigenschaft und den in seiner Existenz gefährdeten Menschen. Er prangerte die gesellschaftlichen und moralischen Exzesse an, beschwor die – nicht nur seiner Meinung nach – authentischen Kräfte Rußlands, die im unverbildeten und gläubigen Volk weiterlebten. Er versuchte sie gegen die Mißachtung durch das aufgeklärte Rußland zu behaupten.

Doch schildert Leskow auch amüsant und mit satirischem Witz mancherlei Sonderlinge und Absonderlichkeiten, die durch den Zusammenprall des traditionellen Rußland mit einer allzu großen Gläubigkeit in die geistigen wie auch industriellen Errungenschaften des Westens entstehen konnten. Bedeutsam für sein

Schaffen sind auch die Heiligenlegenden, die seine Distanz zur offiziellen orthodoxen Kirche, jedoch nicht zum Christentum, verraten.

Leskows Herkunft, sein Vater war der Sohn eines Priesters, die Mutter stammte aus dem Adel, mag seinen Blick für die sozialen und ideologischen Dissonanzen seiner Zeit geschärft haben, ohne daß er einer revolutionären Lösung zustimmte. In der offiziellen Literaturkritik, die während der 60er und 70er Jahre von der Ideologie eines revolutionär-demokratischen Radikalismus beherrscht war, galt er als Reaktionär.

Ebenso ernüchternd war für Leskow die kurze Tätigkeit in einer Gerichtskanzlei und die Zeit als Beamter im militärischen Einberufungsamt. Auch seine weiten Reisen durch Rußland, im Auftrage seines Onkels Alexander Scott, der die Güter hochadliger Besitzer verwaltete, gaben ihm reichhaltigen Erzählstoff. Seit 1862 publizierte er Erzählungen und Aufsätze für die verschiedensten Zeitschriften; zeitweilig war er auch Mitarbeiter der Zeitschrift der beiden Brüder Dostojewski.

Leskow versuchte dem offensichtlich unüberwindbaren Schisma, das sich auf allen Ebenen des russischen Lebens behauptete, entgegenzuwirken. Er stellte es dar in seinen ideologischen Facetten, schilderte die Divergenzen zwischen der institutionalisierten Kirche und dem Volksglauben und schreckte auch nicht davor zurück, die Grausamkeiten, eine Folge der sittlichen Verwahrlosung, zu literarisieren. Tolstoj-Anhänger seit den 80er Jahren, war Leskow bemüht durch seine Romane und Erzählungen einen Erkenntnisprozeß zu bewirken, der die Voraussetzung dafür sein sollte, daß sich die Kluft zwischen dem Rußland, das sich der nationalen und volkstümlichen Entwicklung entfremdet hatte, und dem authentischen Rußland schließen konnte.

Leskow holte die Altgläubigen in die Literatur, jene Bewahrer der religiösen Gebräuche, die während der Kirchenreform im 17. Jahrhundert aus der Gesellschaft »ausgetreten« und mit dem Bann der Vogelfreiheit bis in die Gegenwart belegt worden waren. Die Altgläubigen lebten wie auch die in Opposition zur geistlichen Obrigkeit gezwungenen Priester und die von christlichen Moralvorstellungen geleiteten Menschen – trotz aller Verfolgungen – geborgen in ihren religiösen und moralischen Traditionen. Für Leskow waren sie geweiht gegen die zivilisatorischen und rationalen Gegenkräfte, solange sie den Verlockungen des merkantilen und materialistischen 19. Jahrhunderts widerstehen konnten und die Irrtümer der Aufklärung ahnten und durchschauten.

Seiner Lust am Fabulieren gelang es, immer neue Erzählinhalte zu entdecken, prismatisch die verschiedensten Lebensbereiche auszuleuchten, Erlebtes mit seinem Einfallsreichtum zu durchwirken und stets seinem Grundanliegen treu zu bleiben: Der Mensch sollte sich seiner ihm innewohnenden mitmenschlichen Befähigung gewahr werden.

Weihnachten, das wichtigste Kirchenfest in der orthodoxen Kirche nach Ostern, mag auch für Leskow eine Zeit gewesen sein, in der er den Menschen als besonders empfänglich für den ungeheuren Widerspruch zwischen den Festlichkeiten und ihrem Anlaß glaubte, sensibler für das Leid Nottragender und offener für Belehrungen.

Seit den 70er Jahren veröffentlichte er etwa 14 Erzählungen zur Weihnachts- und Neujahrszeit in verschiedenen, einem breiten Leserkreis zugänglichen Periodica; in seiner Werkausgabe letzter Hand vereinigte er sie unter dem Titel: Weihnachtserzählungen.

In ihnen schildert er, mit verschiedenen Gattungen spielend, wie mühsam nur die Erkenntnis von der Lebensnotwendigkeit des altruistischen Miteinander die Kruste des selbstgefälligen Egoismus zu durchstoßen vermag. *Das Tier* (1883) ist realistisch erzählt, spielt im 19. Jahrhundert und schildert die kreatürliche Liebe zwischen dem Tierwärter und einem Bären. Im Kampf um Leben und Tod obsiegt die Liebe des Leibeigenen zu dem Bären, der den Tod des gehetzten Tieres nicht zuläßt. Ihrer beider Zuneigung zwingt den Gutsbesitzer, der die Hetzjagd als alljährliches Weihnachtsvergnügen anberaumt hat, zur Selbsterkenntnis und zum Bekenntnis uneigennütziger Liebe.

Für den *Heckrubel* (1883) hat Leskow Märchenmotive entliehen und das Geschehen in einen Traum gekleidet. Gleichnishaften Charakter haben *Die Tagediebe* (1893), in denen die Polarität zwischen den Übermütigen und dem Gerechten, zwischen Hoffahrt und Demut, zwischen göttlicher Warnung und Bestrafung des frevelhaften Tuns eindringlich dargestellt werden.

Seine Erzählungen unterliegen jedoch nicht der Gefahr, daß allzu tendenziös moralisiert wird. Es wird aufgefangen durch das Spiel mit der geschriebenen Sprache und der mündlichen Rede, durch die Vielfalt ethnographischer Details und schließlich durch die wundersamen und numinosen Zwischenfälle, die nachdrücklicher als die weisen, doch mitunter lästigen Worte einer moralisierenden Figur oder gar eines belehrenden Erzählers zur Selbstbesinnung mahnen.

Köln, im Juni 1988

Zu dieser Ausgabe

insel taschenbuch 1128
Nikolai Leskow
Weihnachtsgeschichten

Der Text folgt der Ausgabe: Nikolai Leskow, Geschichten vom Lande. In: Nikolai Leskow, Gesammelte Werke, Band 2, Herausgegeben von Johannes von Guenther. © 1964 Biederstein Verlag, München. *Das Tier:* Deutsch von Henry von Heiseler; *Die Tagediebe* und *Der Heckrubel:* Deutsch von Johannes von Guenther. Originaltitel: *Zver'* (1883), *Nerazmennyj rubl'* (1883), *Pustopljasy* (1893). Umschlagabbildung: Boris Kustodijew, Winter. Öl auf Leinwand, 1919. Detail. Sammlung Rshewski, Leningrad

Russische Literatur
insel taschenbuch

Fjodor Michailowitsch Dostojewski: Sämtliche Romane und Erzählungen. 16 Bände in Kassette. Aus dem Russischen von Hermann Röhl. it 961 – it 976

Band 1 Arme Leute. Roman. it 961

Band 2 Der Doppelgänger. Ein Petersburger Poem. Netotschka Neswanowa. it 962

Band 3 Onkelchens Traum. Aus der Chronik der Stadt Mordassow. Roman. it 963

Band 4 Das Gut Stepantschikowo und seine Bewohner. Aus den Aufzeichnungen eines Unbekannten. Roman. it 964

Band 5 Erniedrigte und Beleidigte. Ein Roman in vier Teilen. Mit einem Epilog. it 965

Band 6 Aufzeichnungen aus einem Totenhause. it 966

Band 7 Aus dem Dunkel der Großstadt. Aufzeichnungen. it 967

Band 8 Der Spieler. Aus den Aufzeichnungen eines jungen Mannes. it 968

Band 9 Schuld und Sühne. Roman. it 969

Band 10 Der Idiot. Roman. it 970

Band 11 Der lebenslängliche Ehemann. Erzählung. it 971

Band 12 Die Teufel. Roman. it 972

Band 13 Werdejahre. it 973

Band 14 Die Brüder Karamasow. Roman. 2 Bde. it 974

Band 15 Der ehrliche Dieb und andere Erzählungen. it 975

Band 16 Der Traum eines lächerlichen Menschen und andere Erzählungen. it 976

Nikolai Gogol: Der Mantel und andere Erzählungen. Deutsch von Ruth Fritze-Hanschmann. Mit Illustrationen von András Karakas. it 241

– Die Nacht vor Weihnachten. Mit farbigen Bildern von Monika Wurmdobler. it 584

– Die toten Seelen. Deutsch von Hermann Röhl. it 987

Iwan Gontscharow: Oblomow. Deutsch von Reinhold v. Walter. Mit Illustrationen von Theodor Eberle. it 472

Maxim Gorki: Der Landstreicher und andere Erzählungen. Deutsch von Arthur Luther. Mit einer Einführung von Stefan Zweig und Illustrationen von András Karakas. it 749

Leo Tolstoj: Anna Karenina. Nach der Moskauer Akademie-Ausgabe aus dem Russischen von Gisela Drohla. Mit Illustrationen von Theodor Eberle. 2 Bde. it 308

– Auferstehung. Roman. Deutsch von Adolf Hess. Mit Illustrationen von Theodor Eberle. it 791

154/1/5.87

Russische Literatur
insel taschenbuch

Leo Tolstoj: Familienglück. Deutsch von Hermann Röhl. Mit Illustrationen von Theodor Eberle. it 902
– Die großen Erzählungen. Mit einem Nachwort von Thomas Mann. Deutsch von Arthur Luther und Rudolf Kassner. it 18
– Kindheit. Knabenalter. Jünglingsjahre. Deutsch von Hermann Röhl, herausgegeben von Gisela Drohla. it 203
– Die Kreutzersonate. Erzählung. Deutsch von Arthur Luther. Mit Illustrationen von Hugo Steiner-Prag. it 763
– Krieg und Frieden. Ein Roman in vier Bänden. Deutsch von Hermann Röhl. Mit Illustrationen von Theodor Eberle. it 590
– Rede gegen den Krieg. Politische Flugschriften. Herausgegeben von Peter Urban. it 703
– Der Tod des Iwan Iljitsch. Deutsch von Gisela Drohla. Mit Illustrationen von Theodor Eberle. it 864
– Der Überfall und andere Erzählungen aus dem Kaukasus. Aus dem Russischen von Gisela Drohla. Mit Illustrationen von Theodor Eberle. it 367

Anton Tschechow: Die Dame mit dem Hündchen und andere Erzählungen. Mit Zeichnungen von András Karakas und einem Nachwort von Werner Berthel. it 174
– Das Duell. Deutsch von Waldemar Jollos. Mit Illustrationen von Gabriele Kuhnke. it 597
– Der Fehltritt und andere Erzählungen. Mit Zeichnungen von Lutz Siebert und einem Nachwort von Werner Berthel. it 396

Iwan Turgenjew: Erste Liebe und andere Novellen. Deutsch von Ena von Baer und Ekkehard Jäkel. Mit einem Nachwort von Friedrich Schwarz. it 527
– Väter und Söhne. Vom Dichter autorisierte, erstmalig 1869 erschienene Übertragung. it 64

154/2/5.87

Französische, spanische, italienische Literatur
insel taschenbuch

Pietro Aretino: Kurtisanengespräche. Aus dem Italienischen von Ernst Otto Kayser. it 948

Honoré de Balzac: Die Frau von dreißig Jahren. Aus dem Französischen von Werner Blochwitz. it 460

– Das Mädchen mit den Goldaugen. Aus dem Französischen von Ernst Hardt. it 60

– Tolldreiste Geschichten. Aus dem Französischen von Benno Rüttenauer.

– Über die Liebe. Sein Weltbild in seinen Werken. Zusammengestellt von Stefan Zweig. it 715

Giambattista Basile: Das Märchen aller Märchen. ›Der Pentamerone‹. Deutsch von Felix Liebrecht. 5 Bde. it 354

Charles Baudelaire: Die Blumen des Bösen. Übertragen von Carlo Schmid. it 120

Pierre Augustin Caron de Beaumarchais: Die Figaro-Trilogie. Aus dem Französischen von Gerda Scheffel. it 228

Die Wahrheiten des G. G. Belli. Römer, Huren und Prälaten. Aus dem Italienischen von Otto Ernst Rock. it 754

Hector Berlioz: Groteske Musikantengeschichten. Aus dem Französischen von Elly Ellès. it 859

Giovanni di Boccaccio: Das Dekameron. Mit 110 Holzschnitten der italienischen Ausgabe von 1492. Deutsch von Albert Wesselski. Übertragung der Gedichte von Theodor Däubler. 2 Bde. it 7/8

Pierre de Bourdeille Seigneur Brantôme: Das Leben der galanten Damen. 2 Bde. it 586

Miguel de Cervantes Saavedra: Der scharfsinnige Ritter Don Quixote von der Mancha. Mit einem Essay von Iwan Turgenjew und einem Nachwort von André Jolles. Mit Illustrationen von Gustave Doré. 3 Bde. it 109

– Die Novellen. Übersetzt von Konrad Thorer. it 1007

Hernán Cortés: Die Eroberung Mexikos. Übersetzungen von Mario Spiro und C. W. Koppe. it 393

Alphonse Daudet: Briefe aus meiner Mühle. Aus dem Französischen von Alice Seiffert. it 446

– Tartarin von Tarascon. Aus dem Französischen von Paul Stefan. Mit 45 Zeichnungen von Emil Preetorius. it 84

Denis Diderot: Erzählungen und Gespräche. Aus dem Französischen von Katharina Scheinfuß. it 554

– Jakob und sein Herr. In der Übersetzung von Mylius. Herausgegeben von Horst Günther. it 772

– Die Nonne. Mit einem Nachwort von Robert Mauzi. it 31

152/1/4.87

Französische, spanische, italienische Literatur
insel taschenbuch

Denis Diderot: Rameaus Neffe. Ein Dialog. Le Neveu de Rameau. Zweisprachige Ausgabe. Übersetzt von Goethe. it 775

Alexandre Dumas: Der Graf von Monte Christo. Bearbeitung einer alten Übersetzung von Meinhard Hasenbein. it 266

– Die Kameliendame. Aus dem Französischen von Walter Hoyer. it 546

Gustave Flaubert: Bouvard und Pécuchet. Aus dem Französischen von Georg Goyert. Mit Illustrationen von András Karakas. it 373

– Drei Erzählungen. Trois Contes. Zweisprachige Ausgabe. Übersetzt und herausgegeben von Cora van Kleffens und André Stoll. it 571

– Lehrjahre des Gefühls. Geschichte eines jungen Mannes. Aus dem Französischen von Paul Wiegler. it 276

– Madame Bovary. Revidierte Übersetzung aus dem Französischen von Arthur Schurig. it 167

– November. Aus dem Französischen von Ernst Sander. it 411

– Reisen in den Orient. Ägypten, Nubien, Palästina, Syrien, Libanon. Aus dem Französischen von Reinhold Werner und André Stoll. it 619

– Salammbô. Aus dem Französischen von Georg Brustgi. it 342

– Die Versuchung des heiligen Antonius. Aus dem Französischen von Barbara und Robert Picht. it 432

Anatole France: Blaubarts sieben Frauen und andere Erzählungen. Aus dem Französischen von Irmgard Nickel. Mit Illustrationen von Lutz Siebert. it 510

Federico García Lorca: Die dramatischen Dichtungen. Aus dem Spanischen von Enrique Beck. it 3

Edmond und Jules de Goncourt: Tagebücher. Übertragen und herausgegeben von Justus Franz Wittkop. Mit zeitgenössischen Abbildungen. it 692

Victor Hugo: Notre-Dame von Paris. Aus dem Französischen von Else von Schorn. it 298

Choderlos de Laclos: Schlimme Liebschaften. Ein Briefroman. Übertragen und eingeleitet von Heinrich Mann. Mit 13 zeitgenössischen Illustrationen. it 12

Madame de Lafayette: Die Prinzessin von Clèves. Roman. Aus dem Französischen von Julia Kirchner. it 768

Bartolomé de Las Casas: Kurzgefaßter Bericht von der Verwüstung der Westindischen Länder. Herausgegeben von Hans Magnus Enzensberger. it 553

152/2/4.87

Französische, spanische, italienische Literatur
insel taschenbuch

Alain René Le Sage: Die Geschichte des Gil Blas von Santillana. Aus dem Französischen von Konrad Thorer. it 949

Pierre Carlet de Marivaux: Das Spiel von Liebe und Zufall und andere Komödien. Aus dem Französischen von Gerda Scheffel. it 805

Guy de Maupassant: Bel-Ami. Aus dem Französischen von Josef Halperin. Mit zeitgenössischen Illustrationen. it 280

– Die Brüder. Novelle. Aus dem Französischen von Ernst Weiß. Mit Illustrationen von Géo Duouis. it 712

– Das Haus Tellier und andere Erzählungen. Aus dem Französischen von Helmut Bartuschek und Karl Friese. Mit zeitgenössischen Illustrationen. it 248

– Pariser Abenteuer und andere Erzählungen. Aus dem Französischen von Helmut Bartuschek und Karl Friese. Mit zeitgenössischen Illustrationen. it 106

– Unser einsames Herz. Roman. Aus dem Französischen von Josef Halperin. it 357

Louis Sébastien Mercier: Mein Bild von Paris. Aus dem Französischen und herausgegeben von Jean Villain. Mit zeitgenössischen Kupferstichen. it 374

Prosper Mérimée: Carmen. Novelle. Aus dem Französischen von Franz Schnabel. it 361

Jules Michelet: Die Frauen der Revolution. Herausgegeben und übersetzt von Gisela Etzel. Mit zahlreichen Abbildungen. it 726

Comte de Mirabeau: Der gelüftete Vorhang oder Lauras Erziehung. Roman. Aus dem Französischen von Eva Moldenhauer. it 32

Jean-Baptiste Poquelin Molière: Der Menschenfeind. Aus dem Französischen von Hans Magnus Enzensberger. it 401

Michel de Montaigne: Essays. Herausgegeben von Ralph-Rainer Wuthenow. Revidierte Fassung der Übertragung von Johann Joachim Bode. it 220

Ippolito Nievo: Pisana oder Die Bekenntnisse eines Achtzigjährigen. Roman. Aus dem Italienischen von Charlotte Birnbaum. it 880

Blaise Pascal: Größe und Elend des Menschen. Aus den Pensées. Auswahl, Übersetzung und Nachwort von Wilhelm Weischedel. it 441

– Gedanken. Über die Religion und über einige andere Gegenstände. Pensées. Übertragen, herausgegeben und mit einem Nachwort versehen von Ewald Wasmuth. it 1008

Jan Potocki: Die Handschrift von Saragossa. Herausgegeben von Roger Caillois. Aus dem Französischen von Louise Eisler-Fischer, aus dem Polnischen von Maryla Reifenberg. Mit Bildern von Francisco Goya. 2 Bde. it 139

152/3/4.87